Thomas Weiss

Tod eines Trüffelschweins

Thomas Weiss

Tod eines Trüffelschweins

Steidl

1. Auflage 2007

Umschlaggestaltung: Steidl Design/Claas Möller
Satz, Druck, Bindung:
Steidl, Düstere Str. 4, 37073 Göttingen
www.steidl.de
Printed in Germany
ISBN 978-3-86521-558-1

Aus dem Gesagten ergibt sich auch, dass es nicht Aufgabe des Dichters ist mitzuteilen, was wirklich geschehen ist, sondern vielmehr, was geschehen könnte, d. h. das nach den Regeln der Wahrscheinlichkeit oder Notwendigkeit Mögliche.

Aristoteles: *Poetik*

1

„Ich spüre in Deutschland zu viel Opfermentalität. Anstatt die Dinge anzupacken, verkriecht man sich lieber und schiebt die Schuld auf andere.“

Marc Schworz, Texas Atlantic Group, wenige Tage vor seinem Tod in einem Gespräch an der Hotelbar des Berliner Schlosshotels Grunewald.

2

– 5. März 2007. Vormittags Redaktionskonferenz. Alles o.k., Reportage über Heuser kommt groß ins Blatt (Sonderbeilage zum diesjährigen Terror-Jubiläum). Erste Vorbereitungen, was Aufmachung, Platz für Anzeigen usw. betrifft, laufen (Baumann verantwortlich). Überzeugungsarbeit brauchte ich keine zu leisten; dass Heuser, mit dem gleich zwei heiße Eisen verbunden sind, Zugkraft besitzt, leuchtete allen sofort ein. Vor dreißig Jahren noch einer der Helden von Mogadischu – und schon allein deshalb interessant – wird er letztes Jahr zum Mörder an diesem Schworz, der dadurch, ob er will oder nicht, auch in die damaligen Geschehnisse verstrickt wird. Heuser spannt sozusagen einen Bogen von Mogadischu nach Texas. Ich meine, da steckt alles drin, auch die menschliche Seite, Schicksalsschläge usw. Die Hauptsache wird also ab sofort sein: Sichtung + Auswertung des Materials, das sich mittlerweile angehäuft hat. Stapel auf Schreibtisch und Fußboden, darunter vor allem Dokumente über die Ergebnisse der behördlichen Untersuchungen im Zusammenhang mit dem Mord: Tatortbefund, Ermittlungsbericht, Zeugenvernehmungen, Verhandlungsprotokoll, Urteil; daneben auch Terror-Material, Heusers Rolle beim Sturm auf das Flugzeug usw. Ergänzende Recherche im Internet (frage mich, wie man das früher gemacht hat) + Telefonate. Vom Archiv Zeitungsartikel in Hülle und Fülle. Das Aufsehen war ja gewaltig. Über Wochen hinweg beherrschte Heuser die Medien, natürlich nicht zuletzt wegen seiner Vergangenheit (gefundenes Fressen). Unvermeidlich dabei die üblichen Auswüchse: Belagerung seiner Wohnung in Berlin-Wilmersdorf, Interviews mit sämtlichen Nachbarn, hartnäckigste Versuche, Ehefrau Susanne zu erwischen und im Blitzlichtgewitter zu befragen, bis sie mitten in der Nacht zu Freunden an den Niederrhein flüchtet und sich dort wochenlang versteckt hält. Reaktionen sogar auf höchster politischer Ebene: Zwei Monate nach der Tat, im Juni 2006, ist Heuser Thema einer aktuellen Stunde des Bundestags, in der diskutiert wird über die Ursachen, mögliche Folgen, Gefahr einer Lawine, die ins Rollen kommen könnte usw. Erregte Debatte, in der das prominente Kabinettsmitglied M. mit polemischen Äußerungen, die ihm von der empörten Opposition als unverantwortliches Sympathisantentum mit Heuser ausgelegt werden, für Schlagzeilen sorgt. Die Angelegenheit ist übrigens noch längst nicht erledigt. Erst vor wenigen Wochen wurden M. während einer Rede zum Thema Mindestlohn heftige Zwischenrufe entgegengeschleudert, die auf seine früheren Äußerungen gemünzt waren: „Schon gut, Sie Heuschrecke!“, oder: „Bei Ihnen nützt die ökologische Schädlingsbekämpfung nichts mehr, da müssen härtere Sachen ran!“

3

– unglaublich, wie häufig der Name Grothe bei allem auftaucht, was mit Badarmaturen zu tun hat. Seit ich mich mit dem Fall beschäftige, lese ich andauernd und überall Grothe: Auf den Einhebelmischern der Duschen in der Sporthalle, auf dem Edelstahlauslass des Kaltwasserschwalls im Saunenbereich oder auf den Spülvorrichtungen des Kneipenpissoirs; sogar im privaten Badezimmer stammt offenbar alles aus dem Hause Grothe. Bislang war mir das in diesen Dimensionen völlig unbekannt – wer achtet schon bewusst darauf, womit er spült oder sich die Hände wäscht. Ich suche schon regelrecht nach Grothe. Muss aufpassen, dass das nicht manisch wird. Hoffe für Heuser, dass die sanitären Einrichtungen im Untersuchungsgefängnis Moabit nicht auch von Grothe stammen, oder die der JVA Brandenburg, wohin er, wie zu erfahren ist, demnächst dauerhaft verlegt werden soll. Der wird doch verrückt, wenn er tagtäglich Grothe vor Augen hat. Werde mich erkundigen, sobald möglich. Besuchserlaubnis und Interviewgenehmigung sind längst beantragt, leider aber immer noch nicht erteilt.

4

– es kommt für meinen Geschmack etwas zu früh: Enorme Aufregung um die Grußbotschaft von RAF-Klar zum Rosa-Luxemburg-Kongress seit Anfang des Jahres. Dadurch auch die ganze Terrorgeschichte plötzlich wieder in aller Munde. Klar am 15.1.2007 in der *Jungen Welt* zu politischen Veränderungen in Lateinamerika:

„Dort wird nach zwei Jahrzehnten sozial vernichtender Rezepte der internationalen Besitzerklasse endlich den Rechten der Massen wieder Geltung gegeben und darüber hinaus an einer Perspektive gearbeitet (...) Die spezielle Sache dürfte sein, dass die in Europa ökonomisch gerade abstürzenden großen Gesellschaftsbereiche den chauvinistischen ‚Rettern' entrissen werden. Sonst wird es nicht möglich sein, die Niederlage der Pläne des Kapitals zu vollenden und die Tür für eine andere Zukunft aufzumachen."

Heftigste Reaktionen und Proteste von allen Seiten, sowohl was Inhaltliches betrifft, als auch den Ton, der an Pamphlete früherer Jahre erinnere und damit unwillkürlich an damalige Terrorakte denken lasse. Beckstein: „unverbesserlicher terroristischer Verbrecher", von dem „weiterhin Gefahr ausgeht", oder Thierse: „als ob die Zeit vor dreißig Jahren stehen blieb." Die Aussichten des von Klar gleichzeitig gestellten Gnadengesuchs erscheinen dadurch radikal verschlechtert. Gnade für einen, der nichts bereut? Da tut man sich schwer mit Verständnis –

auch, was die bevorstehende Bewährungsentlassung von Mohnhaupt betrifft, die ebenfalls seit kurzem durch den Blätterwald geistert. Der Schorf über den Geschehnissen vor dreißig Jahren ist dünn, daran ändert auch die Auflösung der RAF nichts; die Opfer bleiben.

Sicher ist: Für Heuser stellt sich die Frage einer Begnadigung erstmal nicht. Im Dezember 2006 verurteilt ihn die 40. Große Strafkammer des Berliner Schwurgerichts zu einer lebenslänglichen Freiheitsstrafe und stellt die besondere Schwere der Schuld fest. Die nächsten zwanzig Jahre wird er in seiner Zelle verbringen, daran besteht kein Zweifel. Revision gegen das Urteil wurde von Heusers Verteidiger eingelegt. Die Entscheidung des BGH schwebt derzeit noch, allerdings gehen die Chancen, dass neu verhandelt werden muss, gegen Null. Heuser wird sich damit vertraut machen müssen, sein restliches Leben hinter Gittern zu verbringen. Erste Möglichkeit zur Freilassung 2026, dann ist er sechsundsiebzig. Deutlich wurde während der Verhandlung, dass er bedingungslos zu seiner Tat steht – ähnlich wie Klar. Dabei könnten die beiden verschiedener nicht sein, zumindest, wenn man an früher denkt. Heute dagegen würde Heuser Klars Grußbotschaft ohne mit der Wimper zu zucken unterschreiben. Aber vermutlich würde halb Nierenberg Klars Grußbotschaft ohne mit der Wimper zu zucken unterschreiben.

5

„Reizklima“
Beim Prozessauftakt gegen Heuser liegen die Nerven blank
Von Wolfgang Marx

Am weltweit zunehmenden Ausstoß von CO2 liegt es wohl kaum, dass die Atmosphäre im Prozess gegen Klaus Heuser vor dem Berliner Schwurgericht in der Turmstraße von vielen Beobachtern als aufgeheizt geschildert wird. Vielmehr scheinen die in letzter Zeit mehr und mehr aufbrechenden existenziellen Ängste in Nierenberg und Umgebung die Ursache dafür zu sein, dass Justizwachtmeister Georg Schramm (41) in den Verhandlungspausen besonders wachsam ist. Dann nämlich drängeln sich die Zuschauer auf dem viel zu schmalen Flur, der in kürzester Zeit vollgequalmt ist. Dass dies nicht zur Beruhigung der aufgewühlten Prozessbeobachter beiträgt, bei denen es sich in der Mehrzahl um ehemalige Arbeitskollegen des Angeklagten handelt, ist klar. Schnell gibt ein Wort das andere, gegenseitig stachelt man sich an. „Wenn's Geschrei gibt“, so Schramm, „muss ich einschreiten. Schließlich sind wir im Gericht und nicht in irgendeiner Kantine.“ Außergewöhnlich sei es nicht, meint Schramm weiter, dass es auf dem Flur mal Ärger gebe. In seinen achtzehn Dienstjahren habe er schon so manches erlebt. Im Saal selbst hielten sich die meisten zurück, aber draußen fühlten die sich dann stark. An eine derart vergiftete Stimmung wie momentan könne er sich allerdings nicht erinnern. „Als ob bald 'ne Revolte losbricht“, sagt Schramm ganz ernst, muss dann aber grinsen.

Aufmerksam gemacht auf den Fall wird man schon beim Betreten des Gerichtsgebäudes. Der von Betriebsrat Heinz Klump (48) unmittelbar nach der Tat gegründete Verein „Dunkelrote Hilfe" hat sich mit Transparenten bewaffnet direkt vor dem Eingang des Gerichts postiert. Laut Klump ist fest beabsichtigt, an jedem Verhandlungstag eine Mahnwache für den Angeklagten abzuhalten, außerdem Passanten und Prozessbesucher durch Handzettel über die Hintergründe der Tat zu informieren. Dass das Grüppchen dabei keine Berührungsängste zeigt, wird schnell deutlich. Einige der Angesprochenen fühlen sich denn auch vom forschen Vorgehen der Mahnwachenteilnehmer belästigt. Dazu Heinz Klump: „Wir wollen niemanden bedrängen. Wir wollen unsere Solidarität mit Klaus demonstrieren und versuchen, Überzeugungsarbeit zu leisten. Dass wir dabei nicht ganz frei sind von Emotionen, ist doch nur menschlich. Man braucht sich bloß vor Augen zu halten, was zur Zeit bei Grothe abläuft. Ich meine, da halten wir doch nicht einfach auch noch die andere Backe hin. Irgendwann ist Schluss mit lustig, das darf man dann auch ruhig mal merken."

Von staatlicher Seite aus beäugt man misstrauisch das Engagement des schon seit längerer Zeit ins Visier geratenen Vereins. Ein Mannschaftswagen der Berliner Polizei, 44. Einsatzhundertschaft, braust nur wenige Minuten nachdem sich das Grüppchen formiert hat heran und hält in etwa zwanzig Metern Entfernung. Seitdem stehen die Mahnwachenteilnehmer unter intensiver Beobachtung. „Haben wohl nichts Besseres zu tun", meint Gruppenführer Hennrich (31), „diese roten Socken."

(*Nierenberger Nachrichten* vom 20.9.2006, Seite 3)

6

„Der Angeklagte wird beschuldigt, am Karfreitag, dem 14. April 2006, gegen 15:05 Uhr, im Berliner Grunewald den amerikanischen Finanzinvestor Marc Schworz heimtückisch und aus niederen Beweggründen mit zwei Kopfschüssen ermordet zu haben. Es liegt folgender Sachverhalt zugrunde: Zur Tatzeit war der Angeklagte in seiner Eigenschaft als Cheffahrer des Vorstands der Firma Grothe Armaturenfabrik in Nierenberg, Brandenburg, beauftragt, den geschädigten Schworz, einen gebürtigen Österreicher mit Wohnsitz in New York, Manhattan, Greenwich Village, vom Schlosshotel Grunewald zum Flughafen Tegel zu fahren. Schworz hatte einen einwöchigen geschäftlichen Aufenthalt beendet und war für die Maschine der American Airlines 16:55 Uhr nach New York gebucht. Entgegen der direkten und an und für sich einzig und allein in Frage kommenden Strecke über Königsallee und Rathenauplatz machte der Angeklagte einen Umweg durch den Grunewald, wo er am Vortag eine geeignete Stelle für die Tat ausgekundschaftet hatte. Der Geschädigte besaß keine Ortskenntnisse und war demzufolge völlig ahnungslos. Nach kaum einem Kilometer Fahrt bog der Angeklagte unvermittelt auf einen von der Straße aus nur schwer erkennbaren Forstweg ab und stoppte nach etwa einhundertfünfzig Metern auf Höhe einer Tannenschonung. Er stieg aus, ging schnell um das Fahrzeug herum, riss die hintere rechte Tür auf und zerrte den Geschädigten an den Haaren aus dem Fahrzeug. Der Angeklagte drückte ihn auf den Waldboden hinunter, zog einen Revolver und erschoss den vor ihm kauernden Schworz ohne ein Wort zu sagen mit zwei schnell hintereinander abgegebenen Schüssen – einer sogenannten Doublette – in den Hinterkopf. Anschließend packte er den Toten in den Kofferraum, startete den Wagen und machte sich auf den Weg nach Lugano, wo er die Leiche wieder ausladen wollte. Etwa acht Stunden später, gegen 23:17 Uhr, wurde der Angeklagte in Süddeutschland im Restaurant der Autobahnraststätte Illertal West an der A 7 zwischen Ulm und Memmingen festgenommen. Aufgrund einer gegen 21:42 Uhr eingeleiteten Fahndung nach dem Angeklagten und dem von ihm benutzten Pkw Mercedes, hatten Polizeibeamte routinemäßig die vor der Raststätte geparkten Fahrzeuge überprüft. Als sie das gesuchte Fahrzeug feststellten, betraten sie den Gastraum der Raststätte und kontrollierten die sich dort aufhaltenden Personen. Als der Angeklagte, der an einem abseits gelegenen Tisch saß und gerade Bratwürstel mit Sauerkraut aß, von den Beamten angesprochen wurde, gab er sich ohne weiteres zu erkennen und leistete keinen Widerstand."

(aus der Anklageschrift der Staatsanwaltschaft Berlin, Az: 77Js2241/06)

7

Zu den näheren Umständen der Festnahme der Polizeibeamte Trapp in seiner Zeugenaussage: „Dann haben wir den Angeklagten überprüft, also zunächst die Identität festgestellt, wobei wir schon vorher vermuteten, dass wir den Richtigen erwischt hatten. Allein am Tisch, etwas abseits, und komisch angeschaut hat er uns auch. Da dachte ich mir schon, dass mit dem was nicht stimmt. Er wies sich mit seinem Personalausweis aus und damit war die Sache klar. Im Nachhinein wundere ich mich, dass der nichts Gefälschtes dabei hatte. Aus Eigensicherungsgründen haben wir den dann erstmal durchsucht. Dabei fiel versehentlich sein halbleeres Pilsglas auf dem Tisch um. Die Gäste in der Raststätte wurden dadurch unruhig – wahrscheinlich befürchteten sie eine tätliche Auseinandersetzung. Wegen der Osterferien war die Raststätte auch zu dieser Zeit noch gut besucht und natürlich verursachte die Festnahme einiges Aufsehen, oder besser die Überprüfung der Personalien, denn er war ja zunächst nur zum Zweck der Feststellung seines Aufenthalts ausgeschrieben. Wir führten ihn dann nach draußen und setzten ihn in den Streifenwagen. Mein Kollege informierte über Funk die Zentrale und fragte, wie wir jetzt weiter verfahren sollten. Ich sah mich in der Zwischenzeit in dem Mercedes um. Zunächst konnte ich nichts Besonderes feststellen. Auf dem Beifahrersitz lagen ein paar Lebensmittel, eine Tüte mit belegten Brötchen, glaube ich, und eine Flasche Sprudel. Brosamen waren überall verstreut, an einen angebissenen Apfel auf der Fußmatte erinnere ich mich auch noch. Dann fand ich im Handschuhfach den Revolver und da gingen natürlich die Alarmglocken bei mir an, vor allem, weil ich im Bereich der Trommel und im Lauf ganz deutlich kaltes, verbranntes Pulver roch. Ich wollte dann sofort zurück zu unserem Fahrzeug und meinen Kollegen informieren. Das passiert ja nicht jeden

Tag, einen Revolver im Handschuhfach zu finden, noch dazu einen, aus dem wahrscheinlich erst vor kurzem geschossen wurde. Vorher warf ich aber noch einen Blick in den Kofferraum. Ja, und dann sah ich dort den Toten, der auf der Seite lag, mit angezogenen Knien, der Kopf blutüberströmt. Dass der tot war, daran gab es für mich keinen Zweifel, das sah man sofort. Ich hab ja Erfahrung mit Toten, durch meinen Dienst bei der Autobahnpolizei. Für einen Moment war ich dann aber trotzdem sprachlos. Der war ja ziemlich entstellt, dieser Schworz und dazu war alles voller Blut. Außer einem Trolley, der bei seinen Füßen lag, bemerkte ich noch ein Schriftstück, DIN A 4, das in einer durchsichtigen Plastikhülle steckte. War schwer zu sehen, weil der Schworz halb auf der Hülle drauflag, außerdem war ja auch Nacht. Die Kofferraumbeleuchtung war aber an und ich hatte meine Maglite dabei. Ich versuchte zu erkennen, was da draufstand, wollte aber nichts anfassen oder verändern. Ich sah einen maschinengeschriebenen Text, aber mehr nicht. Die Plastikhülle war auch mit Blut verschmiert. Ich machte dann den Kofferraum wieder zu und rief über mein Handy die Funkzentrale an, um den Sachverhalt zu melden und Verstärkung anzufordern. Herr Heuser, der ja noch bei uns im Wagen saß, sollte davon nichts mitbekommen. Dann ging ich zum Streifenwagen, setzte mich zu ihm auf die Rücksitzbank und konfrontierte ihn mit dem Toten im Kofferraum, auch, um meinen Kollegen in Kenntnis zu setzen. Herr Heuser zuckte aber nur mit den Schultern. Der sagte nicht viel. Auch während der folgenden zehn bis fünfzehn Minuten, die vergingen, bis weitere Einsatzkräfte eintrafen, schwieg der, obwohl ich immer wieder versuchte, mit ihm ins Gespräch zu kommen. Der saß aber einfach nur da. Dabei machte er auf mich einen relativ entspannten Eindruck. Jedenfalls war er nicht auffallend nervös oder unruhig."

8

GEGEN DIE NEOLIBERALE GLOBALISIERUNG ZEICHEN SETZEN! EINE ANDERE WELT IST MÖGLICH!

am 14.04.06 haben wir mit dem kommando georg elser den amerikanischen söldner des kapitals marc schworz angegriffen. schworz kundschaftete die firma grothe armaturenfabrik dahingehend aus, ob er aus ihr auch genügend millionen für sich, seine partner und die fetten privaten investoren, die hinter ihm stecken, auspressen könnte. schworz, das schwein, war bereit, nach seiner unmittelbar bevorstehenden rückkehr in die U.S.A. den grothe-deal durchzuziehen und dadurch in der folgezeit eine vielzahl von beschäftigten in die arbeitslosigkeit zu treiben. entsprechende erfahrungen hat man bei grothe ja schon vor sechs jahren gemacht. jetzt wollte schworz eine neue runde im zynischen spiel um millionen einläuten.

seit ende der 1970er jahre ist der neoliberalismus sukzessive zur dominierenden ideologie eines weltweiten kapitalismus geworden. was unter der diktatur pinochets in chile als experiment begann und von den regierungen margaret thatchers in großbritannien und ronald reagans in den U.S.A. fortgesetzt wurde, ist heute ein globales programm für alle industrie- und entwicklungsländer. in deutschland markieren die auseinandersetzungen um den arbeitsmarkt und die sozialen sicherungssysteme den anstehenden höhepunkt zur umsetzung des neoliberalen projekts. regierung und unternehmen werden gemeinsam und eiskalt den umbau fortsetzen, wenn wir uns nicht dagegen wehren. der entfesselte kapitalismus wird die arbeitnehmer weltweit in einen gnadenlosen unterbietungswettbewerb zwingen. private beteiligungsgesellschaften wie schworz' texas atlantic group sind in wahnwitzigem tempo dabei, skrupellos unternehmen aufzukaufen, auszupressen und danach im weltweiten firmenhandel an diejenigen weiterzuverkaufen, die glauben, noch mehr herausholen zu können. dabei werden aberwitzige gewinne eingestrichen. schworz war nur einer von vielen, die den hals nicht voll bekommen und zwei- oder dreistellige millionensummen im jahr kassieren, während anderswo zigtausende vor hunger verrecken. das erfüllt uns mit abscheu.

wir sind nicht bereit, tatenlos zuzusehen, wie sich eine gesellschaft manifestiert, die ausschließlich von den gewinninteressen der konzerne und superreichen dominiert wird. unsere verantwortung dagegen vorzugehen werden wir zusammen mit anderen offensiv wahrnehmen. wenn immer mehr menschen ihre ohnmachtsgefühle überwinden und die politik mit visionen einer humanen weltwirtschaft konfrontieren, dann wächst der druck. und wenn der druck wächst, dann bewegt sich die politik. wir haben deshalb dem ekelhaften durchwühlen des brandenburgischen bodens auf der suche nach profit durch schworz' gierigen rüssel ein ende gemacht.

SCHLUSS MIT DER UNSINNIGEN BESCHEIDENHEIT!
ZUSAMMEN KÄMPFEN UND WIR WERDEN ZUSAMMEN SIEGEN!

KOMMANDO GEORG ELSER

9

– „Keine andere Welt ist möglich", titelt dagegen die *Zeitung für Aachen* am 2.3.07, allerdings nicht unter Berufung auf Heuser, sondern im Zusammenhang mit RAF-Klar. Zitiert wird der ehemalige Innenminister Gerhart Baum (FDP), der gegenüber der *Berliner Zeitung* feststellt, dass Klar „wie eine verwirrte Attac-Stimme" klinge. Es handle sich um „Revolutionskauderwelsch", das aber in der Gesellschaft von verschiedenen Gruppen durchaus vertreten werde. Baum denke da an Abgeordnete der Linkspartei im Bundestag.

Anschließend bezieht Prof. Elmar Altvater, Mitglied des Wissenschaftlichen Beirates von Attac und Sachbuchautor („Das Ende des Kapitalismus, wie wir ihn kennen. Eine radikale Kapitalismuskritik") zu den Äußerungen Baums Stellung: Attac habe mit den Praktiken der RAF nichts zu tun, so Altvater, aber selbstverständlich sei es legitim, ja sogar notwendig, den Kapitalismus zu kritisieren. „Nur wer sich in der besten aller möglichen Welten wähnt, wird eine kritische Auseinandersetzung mit dem Kapitalismus für veraltet und überflüssig halten". Selbst Vizekanzler

Franz Müntefering kritisiere die so genannten Heuschrecken und deren zerstörerische Praktiken. Und es sei auch kein Hindernis für die kürzliche Verleihung der Ehrendoktorwürde der Universität Marburg an den früheren Bundeskanzler Helmut Schmidt gewesen, dass dieser wiederholt den Raubtierkapitalismus in der Wochenzeitung *DIE ZEIT* gegeißelt habe. Nicht nur in den Entwicklungsländern lasse sich beobachten, wie die Orientierung am Maximalprofit Armut und soziale Spaltung produziere, wie die Privatisierung öffentlicher Güter, etwa in der Versorgung mit Trinkwasser, Millionen von Menschen in Not bringe. „Die weltweite Durchsetzung des neoliberalen Leitbildes hat unsere Welt kälter gemacht. Es stößt inzwischen auf breiten Widerstand, auch von Regierungen, zum Beispiel in Lateinamerika."

10

Einsatzbericht Kriminalpolizei Memmingen:

Ostersamstag, 15.04.2006.

00:12 Uhr: Eintreffen EKHK Lederer und weiterer K-Kräfte. Übernahme des Verdächtigen, Absicherung des TO, Vernehmung von Zeugen (Gäste u. Personal Raststätte, Fernfahrer, Tankwart). Anforderung LiMaKw zur Ausleuchtung. Weitere Streifen der Schutzpolizei (Dora 9/142 u. 9/144) werden für Absperrmaßnahmen angefordert. Informatorische Befragung des Verdächtigen ergibt keine Erkenntnisse.

00:25 Uhr: Bereitschaftsstaatsanwalt und Gerichtsmediziner werden vom Sachverhalt in Kenntnis gesetzt.

00:32 Uhr: Eintreffen Kriminaltechnik. Information der Kollegen über die bisherigen Erkenntnisse und durchgeführten Maßnahmen. Spurensicherung am Tatfahrzeug außen beginnt. Spurensicherung auch am Verdächtigen (Überprüfung auf Schmauch, Blut, Gewebeteile usw.).

00:52 Uhr: Verbringung des Verdächtigen zur Dienststelle (KOK Wessels, KK Leber, POM Trapp). Dort erkennungsdienstliche Behandlung. Sicherstellung sämtlicher Kleider und Unterwäsche, Übergabe eines Polizeitrainingsanzugs. Anschließend Beginn der Vernehmung in den Diensträumen des Dezernats 1.

01:18 Uhr: Gerichtsmediziner am TO. Öffnung Kofferraum. Untersuchung Leiche, Sicherstellung Trolley und Bekennerschreiben.

01:22 Uhr: Dora 9/142 muss wegen liegengebliebenem Fahrzeug bei KM 861,2 Fahrtrichtung Ulm abrücken.

01:45 Uhr: EKHK Lederer fährt zur Dienststelle zurück. Vernehmung des Tatverdächtigen ergibt nach wie vor keine Erkenntnisse (Heuser schweigt). Gegen 02:30 Uhr Abbruch der Vernehmung. Unterbringung des Verdächtigen im Zellenbereich, Souterrain. Kontinuierliche Videoüberwachung. Haftprüfungstermin auf Ostersamstag, 12:00 Uhr, AG Memmingen, durch Ri am AG Eisele festgesetzt. Anschließend Besprechung EKHK Lederer und KOK Wessels über weitere Maßnahmen. Bisherige Erkenntnisse:

Tatverdächtiger:
Heuser, Klaus,
*08.06.1951,
w.h.: 10717 Berlin,
Prinzregentenstr. 2,

verheiratet,
keine Kinder,
Cheffahrer.

Geschädigter:
Schworz, Marc,
*1.5.1968,
amerikanischer Staatsbürger.

Einreise am Sonntag, 9.4.2006, über Frankfurt/Main. Abreise geplant für Freitag, 14.4.2006 (Flugticket AA Flug 181 Berlin TXL 16:55 Uhr nach New York JFK). Zweck des Aufenthaltes: geschäftlich. Adresse während des Aufenthaltes: Schlosshotel Grunewald, Brahmsstraße 10, 14193 Berlin. Executive Suite. Hotelrechnung abgebucht von Kreditkarte der Chase Manhattan Bank.

Maßnahmen:

1. Kontakt mit PP Berlin herstellen, wegen dortiger Ausschreibung bzw. erfolgter Festnahme Heusers (telefonisch, Fax). Abklärung weiterer Maßnahmen. Zuständigkeiten?

2. Kontakt mit Firma Grothe in Nierenberg/Brandenburg (Nachtpförtner o.ä.) durch KP Memmingen oder PP Berlin herstellen, je nach Absprache. Benachrichtigung Vorstand? Chefsekretariat?

3. Verständigung amerikanische Botschaft mit der Bitte um weitere Veranlassung (Benachrichtigung von Schworz' Angehörigen, evtl. Finanzgruppe Texas Atlantic Group, etc.).

4. Benachrichtigung von Susanne Heuser, Ehefrau des Tatverdächtigen. Anschließende Wohnungsdurchsuchung? Nachtzeit – Rücksprache mit StA.

02:55 Uhr: Vorläufiger Abschluss der Spurensicherung vor Ort. Abtransport der Leiche durch Fa. Widmann in die Gerichtsmedizin Ulm. Verständigung von dortigem Nachtdienst, Veranlassung der erforderlichen Maßnahmen. Obduktion in Absprache mit Staatsanwaltschaft auf 08:00 Uhr festgesetzt. Mercedes des Tatverdächtigen durch Abschleppunternehmen Fa. Kötterer zur Dienststelle verbracht. Dort bis zum Morgen Fortsetzung der Spurensicherung. Untersuchung der Tatwaffe im Labor. Abgleich Fingerabdrücke des Tatverdächtigen mit Fingerspuren auf der Tatwaffe. Abgleich Schmauchrückstände. Analyse rötlich brauner, dunkler, angetrockneter Verschmutzungen (teils punktfömig, teils leichte Schlieren) am rechten Hemdsärmel, rechten Jackettärmel, Krawatte des Tatverdächtigen; erster Vergleich mit Blutgruppe Opfer (später DNA).

03:21 Uhr: Freigabe des Tatorts.

11

„Der Heuser war von Anfang an verstockt. Da war nichts rauszuholen. Der saß mir in der Nacht nach seiner Festnahme stundenlang schweigend am Schreibtisch gegenüber, und genauso später in der Untersuchungshaft, solange er noch bei uns in Memmingen war. Ich hab den ja noch einige Male besucht. Normal war das nicht. Irgendwas sagen die immer, und wenn die über die Tat nichts preisgeben wollen, dann reden die eben vom Wetter, so banal sich das auch anhört. Der Mensch will ja eigentlich kommunizieren. Einfach nur dazusitzen, das halten die meisten nicht lange aus. Irgendwie und irgendwann kommt man mit jedem ins Gespräch, vor allem kurz nach der Tat, wenn die noch unter dem Eindruck der Geschehnisse stehen. Dagegen kann sich keiner wehren, da spielen doch die Emotionen noch eine ganz große Rolle. Ein, zwei Tage später sieht das schon wieder ganz anders aus, weshalb wir den Heuser ja noch in der Nacht vernommen haben, leider allerdings, wie gesagt, ohne Ergebnis. Hat mich verblüfft, der Heuser. Von dessen Vergangenheit wusste ich damals ja noch nichts, aber auch wenn ich's gewusst hätte, wäre ich erstaunt gewesen. Ich kann mich jedenfalls an keinen erinnern, der so abgebrüht war. Dem schien das alles überhaupt nichts auszumachen. Als ob der innerlich aus Stahl wäre. Und Sie dürfen mir glauben, wir haben unsere Trickkiste ausgepackt. Schließlich ging es um ein Tötungsdelikt, da sind wir gefordert, da gehen wir doch mit einem ganz anderen Anspruch ran. Das erwartet man einfach von uns. Hat aber alles nichts gebracht. Irgendwie schien mir der überhaupt nicht berührt zu sein. Ich meine damit nicht, dass er das nur perfekt versteckte. Ich glaube, der brauchte gar nichts verstecken. Da war einfach nichts. Gut, mir war's dann letztlich egal, die Beweislage war ja eindeutig. Ob der sich zum Tathergang äußerte oder nicht, war in diesem Fall nicht ganz so wichtig, auch wenn es uns die Arbeit natürlich enorm erleichtert hätte. Außerdem ist so ein Geständnis immer eine feine Sache, aber erzwingen kann man's eben nicht."

(EKHK Lederer am 14. März telefonisch zu seinen Eindrücken über Heuser, soweit ihm noch erinnerlich)

12

Elser, Johann Georg, Widerstandskämpfer, *Hermaringen (heute Landkreis Heidenheim) 4.1.1903, † (erschossen) KZ Dachau 9.4.1945; Tischler; das in einer Einzelaktion von ihm geplante und ausgeführte Attentat auf A. Hitler im Münchener Bürgerbräukeller (8.11.1939) schlug fehl. E. wurde beim Fluchtversuch in die Schweiz verhaftet und als „Sonderhäftling des Führers" in das KZ Sachsenhausen, später in das KZ Dachau eingeliefert.

13

Am Samstag, dem 15.04.06, gegen 05:00 Uhr wurde vom Uz. zusammen mit KOK'in Schlegel, KK Werner und einer Gruppe der 14. Einsatzhundertschaft die Wohnung des Tatverdächtigen in der Prinzregentenstraße aufgesucht. Frau Heuser öffnete erst nach mehrmaligem, lang anhaltendem Klingeln, schien sichtlich überrascht und fragte, was denn passiert sei. Ich bat zunächst um Einlass, der gestattet wurde. KOK'in Schlegel begleitete mich. KK Werner wartete zusammen mit den Beamten der Einsatzhundertschaft vor der Tür. Frau Heuser machte überall Licht an und ging mit uns ins Wohnzimmer. Sie wirkte auf mich äußerst beunruhigt und schien zu glauben, dass ihrem Mann ein Unfall oder so etwas passiert sei. Auf informatorische Frage von KOK'in Schlegel sagte Frau

Heuser, dass sie ihren Mann zuletzt am Karfreitagmorgen gesehen habe. Sie hätten gemeinsam gefrühstückt. Ihr sei bekannt gewesen, dass er an diesem Tag zu einer Geschäftsreise mit Dr. Körber-Löhns habe aufbrechen müssen (Dr. Körber-Löhns, Peter, wohnhaft Lugenwalde, Vorstandsvorsitzender der Firma Grothe). Ihr Mann habe ihr schon vor einigen Tagen gesagt, dass er Mittwoch, spätestens Donnerstag wieder zurück sei. Auf Nachfrage von KOK'in Schlegel sagte Frau Heuser, dass sie keinen Grund gehabt habe, an den Angaben ihres Mannes zu zweifeln. Überhaupt wolle sie nun endlich wissen, was geschehen sei. Ich informierte daraufhin Frau Heuser entsprechend. Frau Heuser reagierte vollkommen überrascht und ungläubig. Sie machte sowohl auf mich wie auch auf KOK'in Schlegel den Eindruck, dass sie uns nichts vorspielte, sondern tatsächlich keine Ahnung hatte und aus allen Wolken fiel. Frau Heuser wurde entsprechend § 52 Abs. 1 S. 2 und Abs. 3 StPO über ihr Zeugnisverweigerungsrecht belehrt (siehe Formblatt). Sie entschied sich, zunächst keine weiteren Angaben zum Sachverhalt zu machen. Frau Heuser sagte, dass wir ihr das nicht übel nehmen sollten, aber sie müsse sich erst einmal darüber klar werden, was eigentlich passiert sei. Sie wurde dann von mir davon in Kenntnis gesetzt, dass ihre Wohnung durchsucht werden müsse, wogegen sie keinen Widerspruch erhob. Die Durchsuchungskräfte wurden daraufhin in die Wohnung eingelassen. Die Durchsuchung wurde gemäß meinen Anweisungen durchgeführt. Das Protokoll liegt der Akte bei, ebenso ein Verzeichnis über die beschlagnahmten Gegenstände. Durchsuchungsende war gegen 07:25 Uhr. Schröder, KHK.

14

„Es geht doch nicht nur um einen Mord, Marx, sondern auch, und vielleicht sogar in erster Linie, um die Existenz unserer Stadt. Wir haben doch die Erfahrung gemacht, wie das ist, wenn sich die Gewerbesteuer und damit unsere Einnahmen von einem Tag auf den anderen um zwei Drittel reduzieren. Grothe ist doch seit letztem Jahr wieder der mit Abstand stärkste Betrieb. Die Durststrecke nach 2001 liegt hinter uns, Marx, da kann niemand wollen, dass das jetzt wieder von vorn losgeht. Und dabei ist das ja noch nicht einmal alles. Ich hab nämlich läuten hören – und das stecke ich Ihnen jetzt ganz bewusst – dass die Texaner damit spielen, nach der Übernahme den Standort Nierenberg komplett dicht zu machen und nach Thailand zu verlegen. Effizienz-Steigerungsprogramm-Produktion heißt das intern bei denen. Alles natürlich noch Top Secret, aber ich hab eben meine Quellen. Und wenn's soweit kommt, dann sind wir hier ganz schnell bei 34% Arbeitslosen, zusätzlich zu den auf nahe Null zurückgehenden Gewerbesteuereinnahmen. Dann können wir den Laden langsam dicht machen, Marx. Und darüber mache ich mir viel größere Sorgen als um den Mord, bei allem Respekt für das Opfer. Aber wenn dieser Schworz nicht bei uns herumgeschnüffelt hätte, dann wäre überhaupt nichts passiert".

(Horst Zcepanski, Bürgermeister von Nierenberg, in einem vertraulichen Gespräch mit dem Reporter Marx von den *Nierenberger Nachrichten* am Ostermontag, 13:00 Uhr)

15

– weltweit sei man bereits die Nummer drei, ist im Hochglanz-Firmenprospekt zu lesen, man befinde sich aber auf dem besten Weg, zur Nummer zwei aufzusteigen und werde alles daran setzen, die Nummer eins zu werden. „Wir wollen der Beste sein“, wird H. Vegelein, Geschäftsführer von World-Class-Grothe zitiert. Dazu habe man alle Möglichkeiten und Fähigkeiten. Grothe stattet aus, was ausgestattet werden will, vom Privathaushalt in Kleinkleckersdorf bis zum Ritz-Carlton in Dubai, vom örtlichen Waldschwimmbad bis zum Olympiazentrum (Sydney 2000, Aquatic Centre). Grothe kann alles. Die Firmengeschichte verläuft klassisch: 1922 gründet Hermann Grothe in den Räumen einer ehemaligen Autoreparaturwerkstatt in Berlin-Spandau seine Firma mit acht Mitarbeitern. Man produziert ausschließlich Wasserhähne und zeichnet sich von Anfang an durch die herausragende Qualität der Produkte aus. Nachdem die anfängliche Durststrecke überstanden ist, stellt sich so großer Erfolg ein, dass Hermann Grothe zügig ausbauen kann. Die Zahl der Mitarbeiter steigt rapide, die Produktpalette wird erweitert. In den dreißiger Jahren der endgültige Durchbruch mit neuartigen Handbrausen; Grothe kommt kaum nach mit der Produktion. Dann der Krieg, der recht und schlecht überstanden wird; es gibt Bombenschäden, die aber reparabel sind. 1954 übernimmt Heinrich Grothe, der Sohn von Hermann Grothe, die Leitung des Unternehmens. Frischer Wind weht durch Spandau. Eine eigene Entwicklungsabteilung wird eingerichtet, später kommt eine Werbeabteilung hinzu. Für Heinrich Grothe ist klar, dass man mit der Zeit gehen und die neuen Medien nutzen muss. Ein Fernsehwerbespot wird in Auftrag gegeben (1961); Slogan: „Mit Grothe spült die Welt". Schwarzweißfotos, abgedruckt im Berliner *Tagesspiegel*, zeigen Heinrich Grothe mit Ludwig Erhard 1963 bei der Einweihung einer neuen Fabrikhalle. Beide im dunklen Anzug, mit Zigarre und Sektglas. Dann Ludwig Erhard hinter einem Rednerpult, im Hintergrund die neue Halle, festlich geschmückt, auch das Pult, mit Blumen usw. Andächtig lauschende Arbeiter und Angestellte. Heinrich Grothe souverän mit einer Hand in der Hosentasche. Es geht aufwärts mit Deutschland und Grothe. Die Auftragsbücher sind voll, Grothe schreibt kräftig schwarze Zahlen und expandiert. Die Ölkrise 1972 steckt man ohne große Schwierigkeiten weg. 1990 dann der große Umzug: Das Unternehmen zieht von Spandau ins etwa 30 km südöstlich von Berlin gelegene Nierenberg, wo Heinrich Grothe über die Treuhand die VEB Armaturenfabrik Nierenberg zum symbolischen Preis von 1 DM erwirbt. Der marode Betrieb benötigt zwar einige Investitionsspritzen, erweist sich dann aber als aufbaufähig, worauf Heinrich Grothe spekuliert hat. Das Gelände in Nierenberg ist großartig: Enorm viel Platz, außerdem sind Facharbeiter und Maschinen an Ort und Stelle vorhanden. Manches kann übernommen und weiterhin eingesetzt werden. In Spandau war man seit Jahren schon viel zu beengt. Im Juli 1998 wird in Swiebodzin/Polen ein Zweigwerk eröffnet. 2001 verkauft Heinrich Grothe sein Unternehmen an die englische Investorengruppe British Commerce Partners (BCP) und zieht sich ins Privatleben zurück.

– was nicht im Firmenprospekt steht, aber vom ehemaligen Werkschutzleiter Hansjörg Eiling telefonisch bestätigt wird: Nachdem in den unruhigen Zeiten Ende der 60er, Anfang der 70er Jahre die Einrichtung eines eigenen Werkschutzes beschlossen und in die Tat umgesetzt wird, kommt 1978 persönlicher Schutz für die vermögende Unternehmerfamilie im privaten Bereich dazu. Es gibt Verdachtsmomente dafür, dass man durch Kriminelle ausgespäht wird; dies zwingt zum Handeln.

16

BKA, Samstagnachmittag, 14:00 Uhr, Abteilung Terrorismus Inland Links, Besprechung. Leitung: Kriminaldirektor Schappach. Telefonisch zugeschaltet: EKHK Lederer, PD Memmingen und KHK Pelz, PP Berlin. Grundlage: Sachverhaltsmitteilung per Fax an BKA durch EKHK Lederer gegen 04:00 Uhr, bzw. KHK Pelz gegen 10:25 Uhr. KD Schappach vom Feiertagsdienst erstmals Samstagmorgen in Kenntnis gesetzt, während er zusammen mit seiner Familie am Frühstückstisch sitzt und sich auf die bevorstehenden Osterfeiertage freut. Zunächst ungläubiges Erstaunen über das sogenannte Bekennerschreiben. Die in Frage kommende Organisation habe sich endgültig aufgelöst, so Schappach. Darüber könne man nur froh sein und er werde einen Teufel tun, selber dafür zu sorgen, dass die wiederauferstehe. Übrigens sei er an der Ausrottung dieser Brut höchstselbst maßgeblich beteiligt gewesen. Da verspüre er auch nicht die geringste Lust, dass dieses Theater jetzt wieder von vorn losgehe, wegen so einem Spinner. Tote gebären keine Kinder, sagt Schappach, ruft dann aber doch vorsorglich die „Arbeitsgruppe Elser" ins Leben. Zur Sicherheit. Man weiß ja nie. Ob es schon Erkenntnisse gebe, wieso sich das Kommando ausgerechnet nach diesem Elser benannt habe? Da stecke doch etwas dahinter! Schwäbischer Uhrmacher, der eine Bombe gebaut und im Alleingang Hitler habe umbringen wollen. Im Grunde ein Terrorist, wenn auch, das müsse natürlich dazu gesagt werden, mit nachvollziehbaren Motiven. Ohne Grund werde der jedenfalls nicht totgeschwiegen im Gedenken, ganz im Gegensatz zu den Verschwörern des zwanzigsten Juli. Wer Bomben in Wirtshaussäle einbaue, der brauche sich nicht zu wundern, dass keine Rede sei vom Halbmast flaggen. Das wäre ja noch schöner. Ob dieser Heuser bereits durch die Computer gegangen sei? Selbstverständlich, leider ohne Ergebnis. Vollkommen unbekannt, wenigstens in den einschlägigen Dateien. Gut, dann ans Werk. Nächste Sitzung morgen, 15:00 Uhr. Bis dahin Recherche, Recherche, Recherche. Was man über dieses Kommando habe? Was dieser Heuser für einer sei? Wo geboren, wo aufgewachsen, Lebenslauf etc., Opferdiagramm. Was der Schworz überhaupt in Deutschland gewollt habe? Worum es da genau gegangen sei? Welcher Art von Geschäften diese Texas Atlantic Group nachgehe? Zaghafter Einwand – morgen sei Ostersonntag – wird von Schappach niedergebügelt. Da müsse man jetzt eben durch. Das Übel sofort an der Wurzel packen und radikal raus damit. „Was da wieder auferstehen will", so Schappach, „schicke ich auf dem Absatz kehrtmarsch zurück ins Grab. Da können Sie Gift drauf nehmen, meine Herren. Und dann rolle ich höchstselbst den Stein wieder davor!"

17

„Aufregung um meine Grußbotschaft mir völlig unverständlich!“ (RAF-Klar in der *Jungen Welt* vom 03.03.07). Er habe nicht mit „so einer erstaunlichen Welle“ gerechnet.

– Schwemme von Wortmeldungen zum Fall Klar hält nach wie vor an (vermischt mit der Diskussion um Mohnhaupt). Hoffe, dass das im Herbst nicht allen zum Hals raushängt. Talkshows schon jetzt voller Zeitzeugen: ehemalige Stammheim-Verteidiger (Schily, Ströbele, von Plottnitz), Angehörige von Opfern (Sohn Buback, Sohn Schleyer, Landshut-Geisel), damals verantwortliche Politiker (Vogel, Baum), sogar RAF-Täter (Boock). Schwierig scheint zu sein – was ehemalige Militante betrifft – Fehler einzugestehen (Ansätze von Wisniewski: „Wir waren so unheimlich konsequent“, Boock, Dellwo, u.a.). Trotzdem: Wer zwanzig Jahre im Knast war, schiebt die Schuld daran lieber auf andere. Viett am 24.02.2007 in einem Text mit dem Titel „Lust auf Freiheit“, veröffentlicht in der *Jungen Welt*: „Aber die deutschen Eliten haben ein ungeheuerliches Problem damit, daß es vor vierzig Jahren eine kleine Schar von Menschen gab, die entschlossen den Kampf gegen sie und ihr kapitalistisches Machtsystem aufgenommen hatte. Die letzten politischen Gefangenen aus diesem Kampf haben ihre juristische Strafe abgesessen, und die Medien feuern den deutschen ‚Kopfab‘ Mob an, die Gefangenen mit ‚ihrem gesunden deutschen Volksempfinden‘ draußen zu empfangen. – No pasaran! (...) Die heutigen Fragen: Wieso habt ihr zu den Waffen gegriffen? Was und wer hat euch legitimiert? etc., möchte ich immer häufiger mit der Gegenfrage beantworten: Wieso haben nur wir – ein paar Hände voll – zu den Waffen gegriffen? Wieso sind Zigtausende, die auf dem Weg waren, zurückgefallen, obwohl sie begriffen hatten, in welch verbrecherischem Gesellschaftssystem ihr Leben verdingt wird, mit welchen tödlichen Methoden es sich erhält und ausbreitet, obwohl auch sie dieses schwache Moment, diese Krise in der Geschichte des Kapitalismus erkannt hatten, seine momentane Defensive, obwohl – und das ist der entscheidende Unterschied zu heute – die noch existenten Alternativen zum Kapitalismus eine gewisse ideologische und materielle Rückendeckung gaben. Es gab philosophische Horizonte und Häfen für unsere Anstrengungen. Jetzt hat sich das irrationale Monster entwickelt, und wir beginnen – vor Schwäche noch taumelnd – wieder von vorn mit dem Suchen nach adäquaten Strategien, ihm beizukommen. Immerhin wir sind schon wieder Millionen."

Im Zusammenhang mit dem Griff nach Waffen wenige Tage zuvor Reemtsma (Hamburg 19.2., Vortrag innerhalb der Reihe „Nachgedacht"), als er die RAF mit Dostojewski zu erklären versucht: „Der Vorwurf der RAF, der der nämliche war, den die Terroristen in den ‚Dämonen' ihrem Umfeld machen – den der Feigheit nämlich – weckte bei vielen das unbehagliche Gefühl: Die könnten recht haben. Deshalb, denke ich, fiel es vielen so schwer, die Wirklichkeit der RAF angemessen zu beschreiben: als eine Reihe sinnloser brutaler Gewalttaten. Um diese Unfähigkeit nicht eingestehen zu müssen, halten viele bis heute daran fest, das vermeintlich Politische an diesen

Gewalttaten hervorzuheben und nicht zu sehen, wie sehr die Taten der RAF von Größenwahn, Machtgier und Lust an der Gewalttat geprägt waren."

18

„... eingeblutet Punkt Sternförmige Aufplatzungen der Kopfschwarte an der Eintrittsstelle der Projektile am Hinterkopf Komma etwa zwei Zentimeter über Atlas Klammer auf groß Cäsar eins Klammer zu Punkt Strahlenkranz und Schmauchring erkennbar Komma Stanzmarke fehlt Punkt Dies deutet darauf hin Komma dass die Schüsse aus kürzester Distanz abgegeben wurden Punkt Im Bereich der gemeinsamen Projektilaustrittsstelle am Gesichtsschädel Schrägstrich Stirn etwa zwei Zentimeter über der linken Augenbraue Weichteilzerfetzung mit Knochenabsplitterung Punkt Austrittsstelle von etwa sechs Zentimeter Länge und vier Zentimeter Breite Punkt Nach Entnahme des Gehirns wird ein Gewicht von eintausendzweihundertvierundsechzig Gramm gemessen Punkt Schusskanäle verlaufen jeweils nahezu parallel Klammer auf siehe Lichtbildmappe römisch drei Nummer zwo Klammer zu Punkt Im Mundbereich der Leiche finden sich Spuren von Erde und einer Tannennadel Punkt An der linken Gesichtshälfte sind oberflächliche Schürfungen der Gesichtshaut auf Höhe des Jochbeins festzustellen Punkt Erklärung dieser Verletzung nicht gesichert Punkt Denkbar wären Faustschläge oder ähnliches Punkt Weitere Obduktionsergebnisse Komma entnommene Organe und Proben von Körperflüssigkeiten et cetera durchgeführt und archiviert Komma das Weitere wie üblich et cetera pp Reichle Gerichtsmediziner zweifach an Staatsanwaltschaft bitte eilig“

19

„Kurz zur Tatwaffe: Es handelt sich um einen Revolver der Firma Smith and Wesson, Modell 686 P, Kaliber 357 Magnum. Die Trommel fasst sieben Schuss. Darin befanden sich fünf Patronen und zwei Hülsen. Die Waffe ist offiziell und behördlicherseits genehmigt in Heusers Besitz. Waffenschein, Waffenbesitzkarte und Munitionserwerbsschein, ausgestellt auf Heuser im Mai 1978, wurden bei der Durchsuchung seiner Wohnung heute früh gegen 05:30 Uhr in der obersten Schublade einer Kommode im Schlafzimmer sichergestellt. Wir konnten in diesem Zusammenhang ermitteln, dass Heuser am 1.6.1978 als Leibwächter für Heinrich Grothe und Familie (Maria Grothe, geb. Schneller und die Kinder Sven, damals fünf, und Peter, damals zwei Jahre alt) eingestellt wurde. Diese Tätigkeit endete im August 2001, als Heinrich Grothe mit seiner Frau nach Lugano zog. Die Kinder waren zu diesem Zeitpunkt bereits ausgezogen. Sie leben heute in Norddeutschland. Heuser blieb in Berlin, wurde von der Firma Grothe übernommen und als Cheffahrer weiterbeschäftigt. Die waffenrechtlichen Genehmigungen blieben unbeanstandet, obwohl die Voraussetzungen an und für sich entfallen waren. Soweit bisher bekannt ist, wurde der

Verwaltungsbehörde die berufliche Veränderung Heusers nicht bekannt gemacht."

(KK Werner mündlich gegenüber KHK Pelz, Ostersamstag, 11:15 Uhr)

20

New York, Manhattan, Greenwich Village, Perry Street Towers, Karfreitag, 23:20 Uhr Ostküstenzeit: Die Todesnachricht für Frau Schworz wird durch J. Palmer, Beamter der Kriminalpolizei des zuständigen 16. Polizeireviers, überbracht. Sie erleidet einen Nervenzusammenbruch. Palmer ruft sofort einen Notarzt. Die Zwillinge Paul und Jonathan, sechs Jahre alt, werden durch das Geschehen wach und tappen völlig verstört ins Wohnzimmer. Als Frau Schworz nach einer Beruhigungsspritze wieder ansprechbar ist, können mit ihrer Hilfe das indische Kindermädchen Nayana, das am Freitagabend Ausgang hat, und Ruth Morgenthaler, eine gute Freundin von Frau Schworz, verständigt werden. Beide kommen fast gleichzeitig an. Palmer verlässt daraufhin zusammen mit dem Notarzt das Appartement. Später in der Nacht sitzt Frau Schworz zusammen mit Ruth auf der Couchgarnitur und blättert im Fotoalbum.

Die Tage danach: Die Kinder werden zu Verwandten nach Boston geschickt. Formalitäten müssen erledigt, Behörden verständigt, die Überführung und Bestattung geregelt werden. Intensiver Kontakt zur Botschaft in

Berlin. Die Anwaltskanzlei Barnes and Noble wird durch Vermittlung der Texas Atlantic Group mit der Wahrnehmung der Interessen von Frau Schworz beauftragt. Die New Yorker Kanzlei hat ihren Sitz in der 46. Straße, Ecke Vanderbilt Avenue. Barnes and Noble waren schon mehrmals in anderer Sache für die Texas Atlantic Group tätig, weshalb sich Arnold Noble der Angelegenheit persönlich annimmt. In einer Videotelefonkonferenz mit der deutschen Kriminalpolizei am Dienstag, dem 18.4., erhält Frau Schworz erstmals eine genaue Schilderung der Geschehnisse und wird über den Stand der Ermittlungen aufgeklärt. Am darauf folgenden Samstag schließlich findet die Beerdigung auf dem idyllischen Green-Wood Friedhof in Brooklyn unter Beteiligung einer großen Trauergemeinde statt. Mit dem Wetter hat man Glück: strahlend blauer Himmel mit weißen Wölkchen über dem sanft hügeligen Gelände. Ein herrlicher Frühlingstag. Der Eichensarg ist blumenüberhäuft und auf Wunsch von Frau Schworz und David Baines mit einer kleinen amerikanischen Flagge drapiert. Baines ist zusammen mit Schworz Chef der Texas Atlantic Group. Während Schworz die Geschäfte von New York aus führt, fungiert Baines als Chef der Zentrale in Houston/Texas. Nachdem Reverend Peter S. Forgener geendet hat, tritt Baines ans offene Grab. Wut und Ärger seien in ihm, sagt Baines mit fester Stimme, aber auch Fassungslosigkeit über diese Tat blindwütiger Terroristen, die sinnlos mordeten. Die die Freiheit bekämpften und für die Unfreiheit stritten. In Amerika sähen sie nicht das Land der Demokratie und der Menschenrechte, sondern das der Unterdrückung. Mit Marc hätten sie all seine Ideale treffen und das Engagement der Texas Atlantic Group bei Grothe verhindern wollen, ohne dass sie eine Ahnung davon haben konnten, wie sich das in der Zukunft überhaupt auswirke. Armselig, naiv und bemitleidenswert seien diese Kriminellen. Er sei so wütend darüber, dass es Marc getroffen habe, mit dem er über die geschäftlichen Beziehungen hinaus eng befreundet gewesen sei. Marc sei ein feiner Kerl gewesen, der keine Chance zur Gegenwehr gehabt habe. Hinterhältig und feige seien die Täter vorgegangen, aber bewirkt hätten sie nichts. Die Texas Atlantic Group werde in Marcs Andenken weitermachen und sich unter keinen Umständen von einer Bande feiger Mörder aufhalten oder erpressen lassen. Das erwarte Marc einfach von ihnen. Das seien sie ihm schuldig.

Dann Mozart, Requiem, gespielt von einem Streichquartett der New Yorker Philharmoniker, während der Sarg hinabgelassen wird. Anschließend gemeinsame Rückfahrt im Konvoi – der sich wegen des Verkehrs schnell in viele kleine Grüppchen aufteilt – nach Manhattan, Rockefeller Center, wo die Texas Atlantic Group im 38. Stock ihr New Yorker Büro hat. Im 65. Stock ist im Restaurant „The Rainbow Room“ bereits alles für ein gemeinsames Essen vorbereitet. Baines nimmt John Lampert von der BCP im Wagen mit. Während der Fahrt tauschen sie sich noch einmal kopfschüttelnd über die Tat aus, zur Sprache kommen aber auch die laufenden Übernahmeverhandlungen. Die British Commerce Partners, Sitz in London, aus steuerlichen Gründen registriert auf der Insel Guernsey, übernahm Grothe 2001 für sechshundert Millionen Euro.

21

„Jetzt sollen andere ran! Ich freue mich auf Lugano, auch mal faulenzen, mal in der Sonne liegen, das werden Sie bestimmt verstehen, und glauben Sie mir, das Unternehmen ist bei der BCP und Körber-Löhns – den Sie ja schon seit Jahren kennen – in besten Händen. Ich habe für Kontinuität gesorgt, darauf können Sie sich verlassen. Den Wechsel in der Unternehmensspitze werden Sie als Arbeitnehmer kaum bemerken. Herzlich bedanken möchte ich mich für Ihre teils vierzigjährige Firmentreue. Einmalig sowas, und schon deshalb scheide ich zugleich mit einem weinenden Auge, aber irgendwann muss einfach Schluss sein. Sie wissen ja, mit Einundsiebzig ist man nicht mehr der Jüngste. Dass ich das Unternehmen trotzdem nicht aus dem Blick verlieren werde, darauf gebe ich Ihnen mein Wort, das ist doch gar keine Frage, da steckt schließlich mein Herzblut drin. Das verspreche ich Ihnen, gerade wegen der im Vorfeld geschürten Ängste vor der BCP, Private Equity, Finanzinvestoren, was da konkret auf den Betrieb zukommen könnte undsoweiter. Vergessen Sie das und machen Sie sich keine unnötigen Sorgen. Ich werde doch Sie, meine Damen und Herren von der Belegschaft, denen ich meinen Erfolg in erster Linie zu verdanken habe, nicht einfach im Stich lassen, getreu dem Motto „nach mir die Sintflut“, nein, da kennen Sie mich sicherlich besser. Lassen Sie sich nicht verunsichern, das ist doch die reinste Hysterie, das ist Hexenverfolgung. Ich habe Lampert in den zurückliegenden Verhandlungen als absolut integeren Menschen kennengelernt, von dem das

Unternehmen profitieren wird. Der Umsatz wird weiter steigen, die Rendite noch größer werden und von diesem Kuchen, meine Damen und Herren, werden auch Sie ein ordentliches Stück abbekommen. Am Kaputtmachen liegt der BCP nichts, die schneiden sich doch nicht ins eigene Fleisch. Nein, ich bin für die Zukunft von Grothe überaus optimistisch. Lassen Sie sich nicht verrückt machen von diesem Heuschreckenzinnober, wir leben im einundzwanzigsten Jahrhundert und brauchen neue, wegweisende Konzepte! In diesem Sinn verabschiede ich mich, wünsche Ihnen von Herzen alles Gute, und wenn Sie mal zufällig in Lugano sind, dann kommen Sie doch einfach auf einen Kaffee vorbei, ich würde mich freuen."

22

Private equity (privates Beteiligungskapital): der allgemeine Begriff für das von privaten und institutionellen Anlegern beschaffte Beteiligungskapital an in der Regel nicht börslich gehandelten Unternehmen.

Große Bekanntheit haben in den 1980er Jahren sowie in jüngerer Zeit die Finanzierung von Unternehmensübernahmen durch Leveraged Buy-outs erlangt. Hier werden etablierte Unternehmen oder Teile von ihnen durch Private-Equity-Unternehmen übernommen. Der Kauf wird in der Regel zu einem großen Teil durch Fremdkapital finanziert, das durch das Vermögen der übernommenen Gesellschaft gesichert wird. Durch die Substitution von Eigenkapital mit Fremdkapital wird das Management der Gesellschaft unter Druck gesetzt, einen höheren Netto-Cash-Flow zu erwirtschaften, mit dem die gestiegenen Zins- und Tilgungslasten bedient werden können.

Es wird erwartet, dass die Bedeutung der Finanzierung durch privates Beteiligungskapital in Deutschland in den nächsten Jahren stark zunehmen wird, da – insbesondere im Hinblick auf Basel II – ein erschwerter Zugang zu Bankkrediten für kleine und mittlere Unternehmen zu befürchten ist (siehe Ausführungen des Sachverständigenrates).

Private-Equity-Gesellschaften wird oft vorgeworfen, als einzige Zielsetzung die Gewinnoptimierung zu haben. Moralische Beweggründe (wie z. B. die Erhaltung oder Schaffung von Arbeitsplätzen) träten zugunsten der möglichst hohen Renditen in den Hintergrund. In dieser Kritik wird generell übersehen, dass jedes privatwirtschaftliche Unternehmen die Gewinnmaximierung zur Priorität hat, weil nur durch sie eine stabile Position am Markt dauerhaft gehalten werden kann.

23

„Schwachsinn, kompletter Schwachsinn, davon können doch gerade wir ein Lied singen, oder etwa nicht? Ausplündern und weiterziehen, das trifft's und wenn jetzt wieder welche aufstehen und sagen, dass ihnen dieses Heuschreckengeschwätz langsam zu den Ohren rauskommt, dann sollen die doch einfach mal zu uns kommen, nach Nierenberg, dann zeige ich denen vor Ort, was sich verändert hat in den letzten fünf Jahren, seit der alte Grothe verkauft hat. Und jetzt stehen diese Texaner auf der Matte und scharren mit den Füßen, und die stecken doch mit Lampert unter einer Decke. Da gibt's Null Unterschied, Marx, ganz im Gegenteil, gegen diesen Baines oder Schworz oder wie die alle heißen sind Lampert und Körber-Löhns doch Waisenknaben. Prost Mahlzeit, wenn die hier bei uns das Sagen haben, dann ist aber endgültig Schluss mit lustig. So naiv wie vor sechs Jahren sind wir nämlich nicht mehr, als sich keiner vorstellen konnte, was das eigentlich sind, Finanzinvestoren. Kommen die vom Mond, oder was? Wusste hier doch kein Mensch. Jetzt wissen wir's. Der alte Grothe hat die Firma einfach an den Höchstbietenden verschachert, weil er Kasse machen wollte und Schluss. Seien wir doch mal ehrlich, Marx. Was der Käufer für einer war und was der genau vorhatte mit dem Betrieb, das interessierte den doch einen feuchten Scheißdreck. Hauptsache, der Rubel rollte. Der hat seine sechshundert Millionen eingestrichen, das Köfferchen gepackt und auf ging's nach Lugano mit Sack und Pack. Da soll der jetzt mit so einer scheiß weißen Motoryacht auf dem See rumschippern. Was mit uns hinterher passierte, das ging dem am Arsch vorbei. Klar, das war sein Betrieb, aber es gibt doch auch so etwas wie moralische Verpflichtungen, oder etwa nicht? Eigentum verpflichtet, das steht sogar im Grundgesetz, aber bei uns denkt jeder bloß an seinen Vorteil. Und wenn da einer in die Quere kommt, dann kriegt der eins mit dem Ellbogen in die Fresse rein. Wir sind ein Volk, da scheiß ich mittlerweile drauf. Von mir aus könnten wir heute noch VEB Armaturenwerk Nierenberg heißen, Marx. Als nach der Wende der Grothe kam, vor der Belegschaft eine flammende Rede hielt und uns eine blühende Zukunft versprach, da glaubten wir das. So doof waren wir. Nach vierzig Jahren real existierendem Sozialismus waren wir doch alle geil auf Kohle und Konsum. Das war so, da muss gar nichts schöngeredet werden. Sechzehn kapitalistische Jahre später denke ich da wieder ganz anders, Marx. Auch wenn das früher alles nicht so einfach war, dann hatte doch zumindest jeder einen Job, und zwar auf Dauer. Vierzig Jahre ohne Angst vor Arbeitslosigkeit, das ist doch auch was. So wie's jetzt aussieht, werden wir bald zum zweiten Mal verkauft, und wenn man Grothes Einstieg mit dazurechnet, dann sind das in sechzehn Jahren drei Verkäufe. Und wieviel Kolleginnen und Kollegen da auf der Strecke geblieben sind, brauche ich Ihnen wohl nicht zu sagen. Der alte Grothe hat ja schon ordentlich ausgekehrt, aber als Lampert und die BCP ankamen, ging's ja erst richtig los. Lektion eins im Großkapitalismus: Erst haben die uns die sechshundert Millionen Kaufpreis als Minus aufgedrückt. Zack, waren die tollen Bilanzen, die wir ja vorzuweisen hatten, von einem Tag auf den anderen im Keller. Ruckzuck ging das. Als nächstes schöpfte man das vorhandene Eigenkapital ab und schüttete das an die Investoren aus, als ersten Abschlag. Blieben unterm Strich vierhundertfünfzig Millionen Minus übrig, zuzüglich Zinsen, zuzüglich fünfundzwanzig oder dreißig Prozent Rendite der Investoren. Die wollten ja nicht nur ihr Geld zurück, sondern einen schönen Batzen obendrauf. Da kamen wir logischerweise auf keinen grünen Zweig mehr, sondern schlitterten in dunkelrote Zahlen. Die Gewinne, mit denen wir ja produzierten, reichten eben einfach nicht aus, um die aufgerissenen Löcher zu stopfen. Und ein paar Monate nach der Übernahme stellte sich dann

Körber-Löhns hin, das war, glaube ich, im November 2001, und schwafelte was von einer überaus prekären Situation, in der sich Grothe befinde, und dass man einschneidende Maßnahmen ergreifen müsse, um den Karren nochmal aus dem Dreck zu ziehen. Diesen ganzen Bullshit von internationaler Wettbewerbsfähigkeit, zu hohen Lohnkosten, dringend notwendigen Maßnahmen der Konsolidierung undsoweiter. Ich sag Ihnen was, Marx: Wenn Sie mal in der Situation sind, Leute rausschmeißen zu wollen, dann erzählen Sie einfach irgendwas von internationaler Wettbewerbsfähigkeit, scheißegal ob's stimmt oder nicht. Das ist die Wunderwaffe, eine Art Allheilmittel, damit kriegen sie alles durch. Internationale Wettbewerbsfähigkeit, Marx, das ist der zweitverlogenste Begriff auf der Welt, nach „Kampf gegen den internationalen Terrorismus". Gut, der Körber-Löhns konnte auch nicht, wie er wollte. Dem will ich gar keinen großen Vorwurf machen. Der kam ja damals zusammen mit Grothe zu uns, 1990, als Vorstand für Entwicklung. Lampert machte ihn dann zum Vorstandsvorsitzenden, um, wie er sagte, die Kontinuität im Unternehmen zu sichern, aber eben unter seiner Fuchtel. Hätte der Körber-Löhns nicht richtig gespurt, dann wär der doch am nächsten Tag abgefunden worden und tschüss. Paar Millionen, das sind doch Peanuts, machen wir uns nichts vor. Der Körber-Löhns hatte die Beschlüsse aus der Londoner Zentrale durchzuboxen, das war für den auch nicht gerade der Traumjob. Naja, und die klotzten ran. Ich sag nur Polen. Das Werk in Swiebodzin wurde ausgebaut, in Zielona Gora zogen sie ruckzuck ein zweites hoch und lagerten große Teile der Fertigung dorthin aus. Dadurch wurden natürlich bei uns in Nierenberg eine ganze Menge Kolleginnen und Kollegen überflüssig; um genau zu sein: sechshundertsiebenundsechzig. Die wurden in den ersten zwei Jahren nach der Übernahme durch die BCP „freigesetzt“, wie das im Managerjargon heißt, aber schön häppchenweise. So blöd, dass sie alle auf einmal rausgeschmissen haben, waren die bei der BCP nämlich nicht. Das lief so ganz allmählich. Zwölf Monatsgehälter Abfindung gab's, 'ne ganze Weile ALG I und dann eben Hartz II, III, IV oder was weiß ich. Und davon leben die meisten heute noch, weil es eben keine Jobs gibt, hier in der Gegend und für welche die Mitte vierzig oder älter sind schon gleich gar nicht. Ich will Ihnen mal ein Beispiel nennen, Marx: Da gibt's den Kollegen Jännicke, der hat zwölf Jahre lang in der Spritzgussfertigung gearbeitet und sich nebenher ein Häuschen gebaut. Natürlich war das noch nicht abbezahlt, als man zu dem sagte, dass es das jetzt gewesen sei, mit ihm und Grothe. Gehörte dann ganz schnell 'nem anderen, dem sein Häuschen. Sie hätten nämlich auch nichts zu verschenken, haben diese Schweine von der Sparkasse in ihren feinen Anzügen damals zu dem gesagt. Jetzt wohnt der in 'ner alten Platte, weil inzwischen seine Frau 'nen Abflug gemacht und die gemeinsame Tochter gleich mitgenommen hat. Gut, inwieweit die private Geschichte mit Grothe zusammenhängt, weiß ich nicht, aber dass ich den regelmäßig am Kiosk stehen seh, mit 'nem kleinen Feigling in der Hand, das weiß ich. Und das alles, Marx, obwohl wir mit achtzehn Prozent Rendite produzierten. Bei uns war doch alles bestens, vor der Übernahme! Da fass ich mir doch an den Kopf. Das versteh ich einfach nicht, Marx, bin ich zu blöd dafür, wie sowas rechtmäßig sein kann. Wie sowas legal sein kann, das gibt's doch nicht. So eine Riesensauerei. Da krieg ich das große Kotzen. Und wie der Schröder das sogar noch gefördert hat, mit seinem Drecksgesetz. Wieso wird das eigentlich nicht wieder revidiert? Könnte man doch nochmal eins machen, das solche Machenschaften wieder verbietet, oder wenigstens erschwert, wenn man wollte, oder etwa nicht? Die machen doch genug Gesetze, da kommt's auf eines mehr oder weniger nicht an. Aber wenn ich seh, für wen dieser abgeschmierte Medienkanzler jetzt arbeitet, für was für einen Dreckskonzern, dann läuft mir sowieso die Galle über. Dann steht's mir Oberkante Unterlippe. Und so geht's nicht nur mir, so geht's 'nem ganzen Haufen hier in der Gegend. Da braucht sich keiner wundern, wenn mal was passiert. Seit sich hier rumgesprochen hat, dass diese Texaner am Schnüffeln sind, brodelt's. Ist doch fast jeder hier irgendwie mit Grothe verknüpft. Nach den ersten zwei, drei Jahren mit der BCP war nämlich das Gröbste überstanden, so schlimm das auch war, aber von da an wurde keiner mehr rausgeschmissen. Seither pendeln wir hier in Nierenberg konstant um die tausend Kolleginnen und Kollegen. Das haben wir übrigens zum großen Teil dem Körber-Löhns zu verdanken, der hat sich für uns eingesetzt, so nach und nach, das muss man dem anrechnen. Der steht mittlerweile bei Lampert bestimmt schon ganz oben auf der Abschussliste. Vom Saulus zum Paulus, naja, nicht ganz, aber ein Umdenken hat bei dem schon stattgefunden, das merkte jeder hier im Betrieb. Der wird jetzt aber nicht nochmal übernommen, wenn's soweit kommt. Deshalb herrscht doch auch eine Riesenangst, dass alles wieder von vorn losgeht, nachdem wir uns gerade erst erholt haben, und womöglich noch viel schlimmer als beim letzten Mal. Diesen Texanern traut hier nämlich keiner über den Weg und ich sag: völlig zu Recht. Und wenn die hier tatsächlich Nägel mit Köpfen machen wollen und uns auspressen bis zum Gehtnichtmehr, dann sollen die sich bloß nicht täuschen und glauben, dass wir uns das so einfach gefallen lassen und gehorsam mittrampeln, wenn's zur Schlachtbank geht. Uns reicht's nämlich langsam. Die werden hier ihr blaues Wunder erleben, diese scheiß Amis, Marx, das werden Sie noch sehn, was wir hier von den Masters of the Universe halten und von diesem ganzen Gesocks in ihren fetten Limousinen, einen Dreck nämlich, Marx, einen Dreck."

(Mitschnitt eines Interviews der *Nierenberger Nachrichten* mit Heinz Klump am 03.04.06, wegen Gerüchten im Zusammenhang mit dem unmittelbar bevorstehenden Verkauf von Grothe. Klump ist seit fünfzehn Jahren Vorsitzender des Betriebsrats)

24

– wer austeilt muss auch einstecken: Zehn Tage nach Klumps Interview werden in einem anonymen Brief, abgeschickt an die *Nierenberger Nachrichten,* schwere Anschuldigungen gegen ihn erhoben, formuliert mit ausgeschnittenen Zeitungsbuchstaben (man denkt natürlich sofort an einen schlechten Scherz):

„Klump das Spitzel-Schwein war IM Brause!!!"
Marx bestätigt: Nach der Wende erkundigen sich ehe-

malige Werktätige der VEB Armaturenwerke Nierenberg bei der Gauck-Behörde, ob sie womöglich aktenkundig sind. Ein konkreter Verdacht besteht eigentlich nicht, das Ganze geschieht aus reiner Neugierde. Zu ihrem Erstaunen erhalten sie prompt positiven Bescheid: Material sei reichlich vorhanden. Daraufhin beantragen sie natürlich Akteneinsicht und stellen fest, dass ein gewisser IM Brause, der ebenfalls im Nierenberger Armaturenwerk beschäftigt gewesen sein muss, jahrzehntelang Berichte über die Kollegen Werktätigen abliefert, was etwa staatsfeindliche Äußerungen im Pausenraum betrifft. Es gibt aber keinerlei Beweise dafür, dass es sich bei IM Brause um Klump handeln könnte. Vielmehr kommen eine ganze Reihe von möglichen Personen in Frage, zu denen auch Klump gehört. Die Überprüfung in Klarnamendateien führt zu keinem Ergebnis; die in Frage kommende Karteikarte ist verschwunden. Bis heute ist deshalb ungeklärt, wer sich hinter IM Brause verbirgt. Marx setzt Klump von dem anonymen Schreiben in Kenntnis, worauf dieser sofort und ohne zu zögern Strafanzeige gegen Unbekannt erstattet. Die Urheber des Schreibens können allerdings nie ermittelt werden. Ob es neben dem zeitlichen Zusammenhang mit Klumps Aussagen in dem Interview noch eine weitere Verbindung zu Schworz gibt, ist unklar. Klump jedenfalls verdächtigt Schworz als denjenigen, der hinter dem anonymen Brief steckt, was im Kollegenkreis allerdings eher belächelt und für wenig plausibel gehalten wird. Die Antwort auf die Frage, wie Schworz überhaupt an die Informationen gekommen sein soll, bleibt Klump schuldig. Wenige Tage später versichert Klump an Eides statt, dass er niemals IM gewesen sei und IM Brause schon gar nicht. Klump: „Ich empfinde es als eine Unverschämtheit, mich mit diesem ekelhaften Spitzelpack in Verbindung bringen zu wollen. Gegen diese Sauerei werde ich mich mit aller Macht wehren!"

25

– was die Sicht auf Geheimdienste im real existierenden Sozialismus betrifft, wurden in jüngster Zeit auch andere Meinungen publiziert. Viett scheint mit Klump in dieser Sache nichts gemein zu haben, wie am 17.01.2007 zu lesen ist (wiederum in der *Jungen Welt*, in einem offenen Brief an den zuständigen Redakteur):

„Die diabolische Verquickung von ‚Terrorismus' und Staatssicherheit (Schleyer – RAF – DDR – RAF-Aussteigerin), diese Frage beantworte ich damit, daß Sie die Thematik revolutionärer Gewalt mit den Augen derer, gegen die sich diese Gewalt wendet, betrachten. (Nicht plump, nein, sondern eben links-bürgerlich) Das aber sind für mich geschichtlich blinde Augen. Sie erkennen und anerkennen nur die gegenwärtige Legalität, die Ordnung, die bestimmte Räume für Kritik und Protest beläßt und darum als ‚demokratisch' gelten, die umzustürzen aber verrückt oder kriminell ist. Da war die Staatssicherheit der DDR zum Glück weiter, auch wenn wir sie damals in ihrer friedlichen Koexistenzpolitik gestört haben. (...) Genauso verhält es sich auch mit dem Verständnis der Staatssicherheit der DDR: Wo die Welt von imperialistischen Geheimdiensten mit Konflikten, Attentaten, Entführungen, Konzentrationslagern, Gefängnissen und Folterstätten überzogen wird (...) da ist es eine weitere Unverschämtheit, wenn die Kritik am sozialistischen Geheimdienst und seinen Methoden auf dem ideologischen Boden seiner Gegner stattfindet. Die Verhältnisse, die einen antikapitalistischen Gesellschaftsentwurf ohne Geheimdienste möglich sein ließen, gibt es noch nicht. Das wissen auch Cuba, Venezuela und Bolivien sehr gut."

26

„Nein, das entsprach nicht der Wahrheit, als Herr Heuser zu seiner Frau sagte, dass er über Ostern mit Herrn Dr. Körber-Löhns verreisen müsse. Herr Dr. Körber-Löhns hatte über Ostern keine Termine, bis auf einen Brunch am Karfreitag im Haus von Bürgermeister Zcepanski in Nierenberg. Der Dienstplan von Herrn Heuser sah vor, dass er Herrn Dr. Körber-Löhns um 10:30 Uhr in dessen Privathaus in Lugenwalde abholen und zu Herrn Zcepanski fahren sollte. Anschließend war für Herrn Heuser freie Zeit vorgesehen. Um 15:00 Uhr sollte er Herrn Schworz vom Schlosshotel abholen und zum Flughafen bringen. Gegen 17:00 Uhr sollte er Herrn Dr. Körber-Löhns wieder nach Hause fahren. Rein zeitlich war das gut zu schaffen. Sonntags ist ja nicht so viel Verkehr. Als Herr Heuser um 17:30 Uhr immer noch nicht erschienen war, rief mich Herr Dr. Körber-Löhns auf meinem Mobiltelefon an. Ich machte gerade mit einem Bekannten einen Spaziergang durch den Tiergarten. Es war ja ein herrlicher Frühlingstag. Herr Körber-Löhns wollte wissen, ob sich Herr Heuser aufgrund irgendwelcher Umstände vielleicht bei mir gemeldet hätte. Ich fiel natürlich aus allen Wolken. Herr Körber-Löhns meinte dann, dass er noch etwas warten und sich ein Taxi rufen würde, wenn Herr Heuser nicht mehr auftauche. Mir war das sehr unangenehm, obwohl es ja nicht meine Schuld war, aber ich fühlte mich trotzdem verantwortlich. Ich versuchte dann, Herrn Heuser auf seinem Mobiltelefon zu erreichen, hatte damit aber keinen Erfolg. Es war ausgeschaltet. Daraufhin probierte ich es mit dem Autotelefon. Das klingelte, aber niemand nahm ab. Ich ärgerte mich über Herrn Heuser und sein Verhalten. So etwas darf natürlich nicht vorkommen. Einige Tage später erzählte mir Herr Dr. Körber-Löhns, dass Herr Vegelein, der auch beim Brunch war, angeboten hätte, ihn zu fahren. Herr Vegelein ist der zweite Mann im Unternehmen, nach Herrn Dr. Körber-Löhns. Herr Körber-Löhns lehnte natürlich ab. ‚Ausgerechnet Vegelein', sagte er zu mir und schüttelte lächelnd den Kopf. Sogar Herr Zcepanski habe sich bereit erklärt, ihn nach Lugenwalde zu fahren. Von Nierenberg nach Lugenwalde sind es etwa 10 Kilometer, würde ich schätzen. Aber auch darauf wollte sich Herr Körber-Löhns nicht einlassen. Herr Zcepanski hatte wohl schon einiges an Alkohol getrunken und Herr Körber-Löhns befürchtete, bei einer zufälligen Polizeikontrolle in Schwierigkeiten zu kommen, selbst wenn er nur Beifahrer wäre. Oder noch schlimmer, Herr Zcepanski verursachte einen Unfall und würde anschließend flüchten, eben wegen des Alkohols. Die Schlagzeilen, die es dann geben würde, konnte sich Herr Körber-Löhns lebhaft ausmalen. Wir standen ja mit dem Unternehmen in letzter Zeit schon genügend im

Rampenlicht, da wollte Herr Körber-Löhns natürlich nicht auch noch zusätzlich Wasser auf die Mühlen gießen. Vor allem dieser Marx von den *Nierenberger Nachrichten* verbiss sich ja regelrecht in die Firma und in Herrn Körber-Löhns, obwohl Lampert den Deal mit der Texas Atlantic Group sofort zur obersten Chefsache machte. Herr Körber-Löhns berichtete, dass er einmal eines Abends gegen 23:00 Uhr nach Hause gekommen sei, von einem privaten Treffen und gerade die Haustür habe aufschließen wollen, als dieser Marx plötzlich hinter den Mülleimern der Nachbarn hervorgekommen sei und ihn um ein Statement gebeten habe. Er sei zuerst zu Tode erschrocken und habe natürlich geglaubt, dass er überfallen werde. Dann habe er sich über das unverschämte Verhalten von Marx derart geärgert, dass er ihm am liebsten eine geknallt hätte. Herr Körber-Löhns telefonierte gleich am nächsten Tag mit Herrn Zcepanski, der zusammen mit Herrn Offenbach, dem Chefredakteur der *Nierenberger Nachrichten*, jeden Mittwoch seinen Skat-Abend hat. Überfälle gab es danach keine mehr, aber dieser Marx blieb trotzdem am Ball. Das hatte ja auch sein Gutes, wenn man so will. Letztendlich ist es doch hauptsächlich ihm zu verdanken, dass noch am Karfreitag die Fahndung nach Herrn Heuser und dem Wagen eingeleitet wurde. Soweit mir bekannt, wollte Marx Herrn Schworz am Flughafen abpassen, wartete aber vergeblich. Als er dann durch das Hotel erfuhr, dass Herr Schworz wie geplant abgeholt worden sei, wurde er offenbar misstrauisch. Der wusste ja, wie die Stimmung im Werk war. Daraufhin rief er mich an, das war unmittelbar nach dem Anruf von Herrn Dr. Körber-Löhns, etwa gegen 17:20 Uhr. Aber ich hatte ja auch keine Erklärung.“

Selbst gelesen, genehmigt und unterschrieben:
Ute Mielmann, Chefsekretärin.

Vernommen:
Schultzendorff, KHM.

27

– Heuser, Klaus. Vater: Walter Heuser, Schornsteinfegermeister, Mutter: Elvira, geborene Scharrenmann, Hausfrau. Klaus bleibt das einzige Kind. Wächst in Köln auf, Koburger Straße 24 A, Mehrfamilienhaus. Mittlere Reife 1967, kurz darauf bewirbt er sich beim BGS. Ausbildung von 1968 bis '71, anschließend Grenzschutzeinzeldienst bei den Grenzschutzämtern Hof und Aachen. Heuser zeichnet sich von Beginn an als guter Sportler aus (ausgezeichneter 5000 m Läufer; pers. Rekord: 14 Min 45 Sek). Im Mai '73 will er zur neu gegründeten GSG 9 wechseln, weil der normale Grenzdienst stinklangweilig sei (so Heuser mehrfach zu Vorgesetzten). Diese reagieren humorlos. Seine dienstliche Beurteilung anlässlich der gewünschten Versetzung zur Eliteeinheit ist deshalb nicht unproblematisch; beim Stichwort „Verhalten gegenüber Vorgesetzten“ heißt es: „Ist gelegentlich schwierig (vorlaut)“; bei der Rubrik „Urteilsfähigkeit“ allerdings: „Ausgeprägter Sinn für Gerechtigkeit“ (als exemplarisch wird ein Vorfall angeführt, der sich im Januar '72 ereignet: Heuser beschwert sich energisch über einen Gruppenführer, der auf dem Weg zum Dienstsport zusammen mit Heusers

Gruppe, alle im Trainingsanzug, kein zweites Paar Turnschuhe in der Hand trägt, obwohl vorgeschrieben, damit die Sporthalle nicht durch Steinchen, Krümelchen usw. verunreinigt wird – was den Gruppenführer aber nicht daran hindert, Kameraden von Heuser zurückzuschicken, eben weil sie kein zweites Paar Turnschuhe in der Hand halten). Fest steht: Der Überfall von palästinensischen Terroristen auf das olympische Dorf 1972 in München, die anschließende Geiselnahme israelischer Sportler und das katastrophale Ende auf dem Flughafen Fürstenfeldbruck hinterlässt in Heuser tiefe Spuren. „Gegen diese Terroristen muss man doch etwas unternehmen“, soll Heuser im September '72 zu Kollegen beim Feierabendbier gesagt haben. Der psychiatrische Sachverständige Prof. Michael Lauer erläutert in diesem Zusammenhang während der Verhandlung, dass aus seiner Sicht bei Heuser damals sozusagen zweifacher Zorn bestand: 1. aus grundsätzlichen moralischen Erwägungen – Geiselnahme und Tötung von unschuldigen Sportlern; 2. wegen der Olympiade an sich, der heiteren Spiele, des ehrlichen, sportlichen Wettstreits: „Gerade Herr Heuser als begeisterter Sportler empfand das radikale Ausnutzen dieser Gelegenheit durch die palästinensischen Terroristen, die sich die Konzentration des weltweiten Medieninteresses zu Nutze machten, als besonders verachtenswert“. Heuser wird zu dieser Zeit als mehr oder weniger unpolitisch geschildert. Der Anschlag ist nach seinem Empfinden derart verabscheuungswürdig, dass Motive, Gründe oder Ursachen keine Rolle spielen. Lauer spricht von einer holzschnittartigen Sicht: gut oder böse, schwarz oder weiß.

Zum Hintergrund: Palästinensische Terrorgruppe „Schwarzer September“, die den Überfall auf die Olympischen Spiele durchführt, entsteht im Spätsommer 1971, als Ausdruck der Radikalisierung der Führungsebene der PLO. Man erkennt, dass mit rein politischen Mitteln die als unerträglich erlebten Verhältnisse – Besatzungsmacht Israel, Flüchtlingslager, Vertreibungen – nicht zu verändern sind. Der Name der Gruppe soll an den September 1970 erinnern, als der jordanische König Hussein einen Aufstand palästinensischer Flüchtlinge blutig niederschlagen und die PLO aus Jordanien vertreiben ließ (September offenbar der Terrormonat schlechthin). Als das IOC Anfang '72 die Teilnahme einer palästinensischen Mannschaft bei den Olympischen Spielen ablehnt, beschließt man auf eigene Art und Weise dabei zu sein und beginnt mit den Planungen des Attentats unter dem Codenamen Ikrit und Birim (benannt nach zwei Dörfern christlicher Araber im Norden Israels, deren Bevölkerung 1948 von der israelischen Armee vertrieben wurde). Bemerkenswert ist die Übungslage des Münchner Polizeipsychologen G. Sieber im Februar(!) '72: „Ein Freischärlerkommando hat gegen fünf Uhr früh den Zaun des Olympischen Dorfes überstiegen. Die Eindringlinge haben den Wohnblock der israelischen Mannschaft besetzt. Es wurden Schüsse und Rauch gemeldet." Sieber kommt zu dem Schluss, dass der Überfall auf Mannschaften von Staaten aus Konfliktgebieten für Guerilla- und Widerstandsorganisationen eine attraktive Chance sei, sich selbst darzustellen, Lösegelder und andere Vorteile zu erzwingen und den Ablauf der Spiele zu einer politischen Demonstration umzufunktionieren: „Es muss mit Kommandos von Kamikaze-Truppen gerechnet werden, die ohne Rücksicht auf eigenes oder fremdes Leben vorgehen." Siebers Attentats-Vision wird von den Verantwortlichen kurz darauf als „zu unrealistisch“ verworfen. Sieben Monate später endet in der Nacht vom 5. auf den 6. September die unrealistische Vision auf dem Flughafen Fürstenfeldbruck nach einer zweistündigen Schießerei: Tod aller Geiseln, Tod von fünf Geiselnehmern, Tod eines Polizisten. Folge des stümperhaften Rettungsversuchs der überforderten bayrischen Polizei. Bundeskanzler Brandt: „erschreckendes Dokument deutscher Unfähigkeit“. Unter dem Eindruck der Ereignisse beschließt man die Gründung der GSG 9. Als deren erster Chef wird Genschers damaliger Adjutant Wegener benannt, der in Fürstenfeldbruck zusammen mit dem Minister auf dem Tower ist und das Desaster hautnah mitbekommt. Am 10.5.73 absolviert Heuser seinen Einstellungstest in Hangelar. Ergebnis: Hervorragend.

28

– Montag, 2.April, Café Einstein, Kurfürstenstraße (unverschämt teuer, war das erste und letzte Mal). Susanne Heuser, gepflegt, schlank, mittellange blonde Haare, erscheint im hellen Kostüm pünktlich zum verabredeten Treffen. Schwierig war, sie überhaupt dazu zu bringen; einerseits wegen der noch ausstehenden Entscheidung über die Revision, andererseits wegen ihrer Erfahrungen mit den Medien. Zu der Tat will sie nichts sagen, schon gleich gar nicht, solange das Verfahren noch nicht endgültig abgeschlossen ist. Ereignisse, die dreißig Jahre zurückliegen, erscheinen ihr unverdächtiger. Zum Beispiel erinnert sie sich noch gut an den Einstellungstest ihres Mannes: „Für Klaus war der sehr wichtig, er wollte damals unbedingt weg vom Grenzdienst. Und so sportlich wie der war, da schien die GSG 9 genau das Richtige zu sein. Wir waren ja damals seit gut einem Jahr zusammen. Glauben Sie's oder glauben Sie's nicht, aber kennengelernt haben wir uns an der Grenze. Ich wollte zusammen mit einer Freundin einen Ausflug machen, nach Antwerpen, und der Klaus hat unsere Ausweise kontrolliert. Später hat er mir erzählt, dass er die Kontrolle absichtlich verzögert hat, weil er mich irgendwie gleich sympathisch fand. Naja, das hab ich schon gemerkt, dass der die ganze Zeit über mit mir ein Gespräch anfangen wollte, mir aber nicht viel dabei gedacht. Ein kleiner Flirt und das war's, dachte ich. Wir sind dann auch einfach weitergefahren, als ihm beim besten Willen nichts mehr einfiel, was er noch hätte kontrollieren können. Natürlich hätte ich nie geglaubt, dass ich den nochmal wiedersehe. Ich hab auch gar nicht mehr groß an ihn gedacht, aber der hatte ja meine Adresse, die in meinem Ausweis stand. Und in der Woche darauf klingelte dann bei mir daheim das Telefon. Ja, und so fing das an, mit uns. Jedenfalls hatte er vor dem Test bei der GSG 9 Angst, dass es vielleicht Ärger geben könnte, weil ihm seine Vorgesetzten keine so gute Beurteilung gegeben hatten, aber es stellte sich dann heraus, dass darauf kein gesteigerter Wert gelegt wurde. Die sagten wohl zu Klaus im Gespräch nach dem Test, dass sie nichts zu tun hätten mit den Sesselfurzern. Doch wirklich, lachen Sie nicht, das hat er mir selber erzählt, hinterher, als er strahlend wieder zur Tür hereinkam. Naja, und dann wurde er zur GSG 9 übernommen, das ging ziemlich schnell, ich glaube am ersten Juni '73 war das. Drei Monate später waren die einsatzbereit und von da an warteten die gespannt darauf, bis es das erste Mal was zu tun gäbe, aber es gab nichts zu tun. Es gab einfach keine Einsätze, weil auch die einzelnen Bundesländer solche Kommandos aufgebaut hatten, die für Extremsituationen ausgebildet waren. So hat es mir zumindest Klaus erklärt. Also wurde immer, wenn es einen entsprechenden Einsatz gab, das Spezialkommando des jeweiligen Bundeslandes angefordert, und Klaus saß rum und drehte Däumchen. Das war furchtbar. Der war in dieser Zeit total frustriert, weil die anderen Praxis sammelten, während die Jungs von der GSG 9 nur trainierten. Die wurden sogar belächelt, bei Vergleichswettkämpfen mit den SEKs, die regelmäßig stattfanden. Lustig gemacht hätten die sich über sie, erzählte mir Klaus, als er von einem der Wettkämpfe wieder daheim war. Die Herren Trainingsweltmeister und so. Das ärgerte den fürchterlich. Und irgendwann hieß es, dass man diesen hochspezialisierten Verein, der nur rumsitzt, aber einen Haufen Geld kostet, besser wieder abschaffen soll. Ich glaube, wenn Mogadischu nicht gekommen wäre, dann gäbe es die GSG 9 längst nicht mehr. Naja. Wenigstens zwischen uns war alles in Ordnung. Wir waren verlobt und dachten schon an die Hochzeit. Wenn Klaus dienstfrei hatte, machten wir zusammen Ausflüge, den Rhein hinauf oder in die Eifel. Wir wohnten ja damals in Niederkassel, im Erlenweg. Als dann der Schleyer entführt wurde, änderte sich alles schlagartig. Freie Wochenenden gab es nicht mehr. Klaus wurde bei Durchsuchungen eingesetzt, vor allem im Kölner Uni-Center. Ich glaube, dabei wurden die dann auch von der Flugzeugentführung informiert."

29

BUNDESGERICHTSHOF
IM NAMEN DES VOLKES
URTEIL
3 StR 377/99
vom
11. Februar 2000
in der Strafsache
gegen H.
wegen Beihilfe zum Angriff auf den Luftverkehr u.a.

Der 3. Strafsenat des Bundesgerichtshofs hat aufgrund
der Verhandlung vom
9. Februar 2000 in der Sitzung am 11. Februar 2000, an
denen teilgenommen haben:
Vorsitzender Richter am Bundesgerichtshof
Kutzer,
die Richter am Bundesgerichtshof
Dr. Miebach,
Winkler,
Pfister,
von Lienen,
für Recht erkannt:

Die Revision der Angeklagten gegen das Urteil des
Oberlandesgerichts Frankfurt am Main vom
16. November 1998 wird verworfen.
Die Beschwerdeführerin hat die Kosten des Rechtsmittels
zu tragen
Von Rechts wegen

Gründe:

Das Oberlandesgericht hat die Angeklagte wegen tateinheitlicher Beihilfe zum Angriff auf den Luftverkehr, zur Geiselnahme, zum erpresserischen Menschenraub und zum versuchten Mord in zwei Fällen zu einer Freiheitsstrafe von fünf Jahren verurteilt.

I.

Nach den Feststellungen hatte sich die palästinensische Widerstandsorganisation PFLP nach der Entführung des Präsidenten des Arbeitgeberverbandes und des Bundesverbandes der Deutschen Industrie, Dr. Hanns Martin Schleyer, am 5. September 1977 durch die terroristische Vereinigung „Rote Armee Fraktion (RAF)" bereit erklärt, die Forderungen der RAF auf Freilassung von zehn Gefangenen mit einem Lösegeld von je 100.000 DM durch eine Flugzeugentführung zu unterstützen. Hierzu wählte der in der PFLP für die Durchführung solcher Terrorakte zuständige Ha. die PFLP-Mitglieder A., H., Sh. und Sa. als Entführungskommando aus und entsandte sie – aus Sicherheitsgründen getrennt und ohne Bewaffnung – nach Palma de Mallorca. Mit dem Transport der für die Flugzeugentführung benötigten Waffen und des Sprengstoffes beauftragte Ha. die Angeklagte und den PFLP-Angehörigen S. Die Angeklagte, die zum Symphatisantenkreis der RAF gehört hatte, hatte Ende 1975/ Anfang 1976 auf einem Ausbildungscamp der PFLP den Leiter dieses Camps, He., näher kennengelernt und lebte mit diesem – später nach jemenitischem Recht verheiratet

– unter dem Namen „Amal“ zusammen. Ende Januar 1976 wurde sie im Zusammenhang mit einem von der PFLP geplanten Abschuß einer israelischen Passagiermaschine beim Landeanflug auf den Flughafen Nairobi festgenommen, jedoch alsbald wieder freigelassen. Aus der Verbindung mit He. ist ihre am 17. Juli 1977 geborene Tochter Hanna hervorgegangen.

Die Angeklagte übernahm am 7. Oktober 1977 in Algier von der PFLP zwei Pistolen mit gefüllten Magazinen, mindestens vier Handgranaten und ein Kilogramm Plastiksprengstoff mit Zünder und Zündschnur. Mit dieser Ausrüstung, in einem Radio und in Bonbondosen im Handgepäck versteckt, flog sie in Begleitung von S. und ihrer knapp drei Monate alten Tochter Hanna nach Palma de Mallorca und übergab Waffen und Sprengstoff absprachegemäß an einen Mittelsmann, der sie an das Entführerkommando weiterleitete. Am Folgetag flog die Angeklagte über Paris zurück.

Am 13. Oktober 1977 brachte das Kommando die Lufthansamaschine „Landshut“ auf dem Flug von Palma nach Frankfurt unter Androhung des Einsatzes von Waffen und Sprengstoff in ihre Gewalt und erzwang einen mehrtägigen, mit Zwischenlandungen auf verschiedenen Flugplätzen verbundenen Flug, der am 17. Oktober 1977 in Mogadischu endete. Während der Entführung waren Besatzung und Passagiere schwersten physischen und psychischen Belastungen ausgesetzt, wobei die Entführer eine außergewöhnliche Brutalität an den Tag legten. Der Flugkapitän Schumann war von dem Anführer A. wegen angeblichen „Ungehorsams“ vor den Augen der Passagiere erschossen worden. Während der Entführung hatten die PFLP und die RAF mit Schreiben u.a. an die Bundesregierung die Freilassung von elf inhaftierten RAF-Mitgliedern und zwei in der Türkei in Haft befindlichen Palästinensern neben einem Lösegeld von 15 Millionen US-Dollar gefordert.

Am 18. Oktober 1977 stürmte eine Spezialeinheit des Bundesgrenzschutzes (GSG 9) das Flugzeug und befreite die Passagiere und den Rest der Besatzung. Bei der Erstürmung war von den Entführern auf die Beamten Hü. und G. in Tötungsabsicht geschossen worden, wobei der Schuß auf Hü. sein Ziel verfehlte und den hinter ihm befindlichen Beamten L. verletzte. Der Schuß auf G. wurde von dessen Schutzweste aufgefangen. Durch einen Handgranatenwurf eines Kommandomitglieds wurden zwei Passagiere verletzt. Von den Entführern überlebte lediglich Sa. schwerverletzt das Feuergefecht.

30

Rosa Würtz, 82, in einem Gespräch mit Reportern vom *Goldenen Blatt* im April 2006, kurz nach Bekanntwerden der Tat (Fortsetzungsreportage: „Vom strahlenden Helden zum eiskalten Mörder. Die Geschichte des Klaus H.“):

„Natürlich, an die erinner ich mich noch gut, die wohnten nebenan, mit denen hab ich mich prima verstanden. Ich hab das sehr bedauert, als die weggezogen sind, nach Berlin glaub ich, weil man doch nie weiß, was nachkommt, auch wenn ich gegen die Familie Stefan, die dann einzog, nichts sagen kann, wirklich nicht, aber der Klaus und die Susanne, mit denen konnt ich am besten. Mit der Susanne bin ich sogar zusammen zum Einkaufen, oder wir haben uns gegenseitig Sachen mitgebracht, da hab ich oft vorher kurz geklingelt und gefragt, ‚Braucht ihr was?', das weiß ich noch gut. Manchmal war jemand da, manchmal nicht, wie das eben so ist, die Susanne arbeitete ja auch, als Krankenschwester, glaub ich, da war die natürlich nicht immer daheim. Und der Klaus, das fällt mir jetzt wieder ein, wenn ich darüber nachdenke, der hat mir immer die Sprudelkisten hochgetragen. Das machte dem nichts aus, der war ja auch groß und kräftig, das machte der wie nichts. Ich war ja damals, jetzt muss ich rechnen, helfen Sie mir, ja genau, erst um die fünfzig, aber froh war ich trotzdem, dass der mir die schweren Kisten hochgetragen hat. Ja, über die zwei kann ich nichts Schlechtes sagen, beim besten Willen nicht, so ein nettes Pärchen, da gab's nichts, und da muss man doch froh sein, wenn man sich mit den Nachbarn gut versteht, da gibt's doch manchmal Mord und Totschlag. Bloß, dass der Klaus mir nie erzählt hat, was er wirklich so macht, beruflich mein ich, das nehm ich dem ein bisschen übel, das hätt mich nämlich schon interessiert, wenn ich's gewusst hätt, aber der sagte immer nur, dass er beim Bundesgrenzschutz wär. Gelogen hat er da ja nicht. Und selbst, als die dieses Flugzeug gestürmt hatten, wegen dem Herrn Schleyer, da hab ich den Klaus ein paar Tage später im Treppenhaus getroffen und mich mit dem darüber unterhalten, das war ja ganz normal, da hat sich doch ganz Deutschland drüber unterhalten, und der tat so, als ob er genauso wenig oder genauso viel wüsste wie ich, und ich hab nichts gemerkt. Aber vielleicht durfte er auch gar nicht, war doch bestimmt alles ganz geheim, vielleicht hätte der sich strafbar gemacht. Jedenfalls kam der mir nicht anders vor als sonst, vielleicht noch ein bisschen ruhiger. Der war ja von Natur aus ein ruhiger Mensch, der Klaus. Dass der zum Held geworden war, davon hab ich damals im Treppenhaus nichts gespürt. Der schien von dieser Sache nicht mal richtig begeistert zu sein, so kam mir das damals jedenfalls vor, als ob ihm das unangenehm wär, oder so. Da hab ich sogar für ein paar Sekunden gedacht, das weiß ich noch, dass die zwei doch wohl hoffentlich kein Terroristenpärchen sind und mich die ganze Zeit an der Nase herumgeführt haben, aber das war natürlich Quatsch, so ein Unsinn. Zu der Zeit war man halt schnell bei der Hand mit Terroristen, das war ja die reinste Hysterie. Der Herr Retzlaff, unser Hauswart damals, der sagte, dass man diese Typen in Stammheim einfach laufen lassen soll und dann auf der Flucht erschießen, das weiß ich noch gut. Als der Klaus und die Susanne ausgezogen waren, haben wir die ersten Monate noch ab und zu telefoniert, aber das schlief dann ein mit der Zeit. Ist ja auch normal. Irgendwann brach der Kontakt ab, bis ich vor ein paar Tagen die Zeitung aufschlug und das Bild von dem Klaus sah. Ich hab den sofort erkannt, trotz der langen Zeit, und obwohl der einen schwarzen Balken überm Gesicht hatte. Da hat mich fast der Schlag getroffen, kann ich Ihnen sagen. Und dann hab ich gedacht, mein Gott, was aus einem werden kann."

31

www.welt.de, 30.12.06

Schleyers Witwe kämpft gegen Entlassung von Christian Klar:

Die Ehefrau des 1977 ermordeten Arbeitgeberpräsidenten hat an Bundespräsident Köhler appelliert, das Gnadengesuch des ehemaligen RAF-Terroristen abzulehnen. Der Mörder meines Mannes bereut nichts, so Waltrude Schleyer. Der „Bild"-Zeitung sagte sie: „Lasst den Mörder meines Mannes nicht frei! Bis heute haben wir kein Wort der Entschuldigung von Christian Klar gehört. Er war an mehreren Morden beteiligt und bereut nichts!" Christian Klar, heute 54 Jahre alt, war 1985 und 1992 unter anderem wegen gemeinschaftlichen Mordes an Bundesanwalt Siegfried Buback, Dresdner-Bank-Chef Jürgen Ponto und Arbeitgeberpräsident Hanns Martin Schleyer zu fünf Mal lebenslanger Haft verurteilt worden. Durch ein Gnadengesuch will er seine Freilassung zum Januar 2009 erreichen. Das Justizministerium in Stuttgart prüfe bereits, ob Klar durch Hafterleichterungen auf ein Leben in Freiheit vorbereitet werden muss, berichtet „Bild".

32

Schleyer, Hanns Martin, Industriemanager, *Offenburg 1.5.1915, †(ermordet) 18.10.1977; seit 1973 Präs. der Bundesvereinigung der Dt. Arbeitgeberverbände e.V., seit 1977 auch Präs. des BDI; am 5.9.1977 von Mitgl. der RAF entführt, am 19.10.1977 in Mülhausen/Elsaß tot aufgefunden.

... durch nationalsozialistische Vergangenheit und Rolle als Arbeitgeberpräsident in besonderem Maße der Kritik durch die 68er-Bewegung ausgesetzt ... Abitur 1933 in Rastatt ... Mitglied der Schülerverbindung Teutonia ... Studium der Rechtswissenschaft in Heidelberg ... Corps Suevia Heidelberg, schlagende Studentenverbindung ... Mitgliedschaft in der Hitler-Jugend seit 1931, seit 1. Juli 1933 Mitglied der SS ... engagiert sich in der NS-Studentenbewegung ... Sommer 1935 wirft Schleyer seinem Corps „mangelnde nationalsozialistische Gesinnung“ vor und tritt unter öffentlichem Protest aus der Verbindung aus, als der übergeordnete Kösener SC-Verband sich weigert, jüdische Alte Herren aus dem Corps auszuschließen – Schleyer: „Ich werde es nie verstehen können, dass ein Corps aus der Auflage, zwei Juden aus der Gemeinschaft zu entfernen, eine Existenzfrage macht“ ... 1. Mai 1937 Eintritt in die NSDAP ... 1939 Promotion zum Dr. jur. ... Sommer 1940 bis Juni 1941 Wehrdienst an der Westfront, wegen Schulterverletzung als dienstuntauglich entlassen ... übernimmt dann die Leitung des Studentenwerks der Universität in Prag ... 1. April 1943

Sachbearbeiter im Zentralverband der Industrie für Böhmen und Mähren … später Leiter des Präsidialbüros und persönlicher Sekretär des Präsidenten Dr. Bernhard Adolf, der maßgeblich für die Arisierung und Germanisierung der böhmischen Industrie verantwortlich ist … Mai 1945 bei oder kurz vor Ausbruch des tschechischen Aufstandes Flucht aus Prag zu den Eltern nach Konstanz … am 18. Juli 1945 vom französischen Militär verhaftet, bleibt drei Jahre lang in Baden interniert, da innerhalb der SS Offiziersrang (Untersturmführer) … am 24. April 1948 aus der Kriegsgefangenschaft entlassen … Entnazifizierungsverfahren … zunächst Minderbelasteter … legt Widerspruch ein, im Revisionsverfahren als Mitläufer eingestuft … ab 1. Oktober 1951 bei Daimler-Benz AG … steigt rasch auf … Leiter Personalabteilung … ab 1. Oktober 1963 ordentliches Vorstandsmitglied, zuständig für Personal- und Sozialwesen … 1962 bis 1968 Vorsitzender des Verbandes der Metallindustrie Baden-Württemberg, 6. Dezember 1973 Wahl zum Präsidenten der Bundesvereinigung der Deutschen Arbeitgeberverbände (BDA) … seit 1970 Mitglied der CDU … harte Haltung in den Arbeitskämpfen der 1960er Jahre … gilt als Scharfmacher … mächtigster deutscher Wirtschaftspräsident der Nachkriegszeit … seit 21. Oktober 1939 mit Waltrude Ketterer (* 1916) verheiratet, Tochter des SA-Obergruppenführers Dr. Emil Ketterer (NSDAP-Mitglied seit 1923 sowie Mitglied des im April 1933 gleichgeschalteten Münchner Stadtrates) …

33

– Gesprächsnotiz: Telefonat mit dem ehemaligen GSG 9 Beamten Herbert W., der ebenfalls beim Einsatz in Mogadischu beteiligt war. W. ist bereit, über den Einsatz Auskunft zu geben, auch, was den genauen Hergang betrifft, auch, was Ereignisse in den Monaten und Jahren danach angeht, die der Öffentlichkeit bis heute vollkommen unbekannt sind. Nach dreißig Jahren, so W., sei es an der Zeit, dass auf den Tisch komme, was unter den Teppich gekehrt worden wäre; das sei er seinen Kameraden schuldig, auch wenn die sich nach wie vor an Schweigeverpflichtungen hielten (tatsächlich gab es bislang nie öffentliche Äußerungen der beteiligten Beamten, den Chef ausgenommen). Dabei geht es W. keineswegs um geheime Einsatzdetails, die doch mittlerweile ohnehin mehr oder weniger bekannt sind: Durch Libal, den damaligen deutschen Geschäftsträger in Somalia, der sich im Tower aufhält, täuscht man dem Anführer der Entführer, Captain Mahmud, vor, dass man auf die Forderungen nach Freilassung der Gefangenen eingehen werde, das Flugzeug schon unterwegs sei usw. Die Einsatzkräfte befinden sich zu diesem Zeitpunkt bereits im Einsatzraum unter der Maschine. Absolute Stille, weil die Türen der Landshut wegen der Hitze (obwohl gegen 02:00 Uhr nachts) nur angelehnt sind. Informationen, was im Innern der Maschine vor sich geht, werden über Abhörgeräte empfangen und an die Sturmtrupps weitergegeben. Der Empfang ist schlecht, aber ausreichend. Nach etwa zwanzig Minuten wird das Signal zum Zugriff gegeben, während Mahmud über Funk mit der Bekanntgabe seiner Bedingungen zum Austausch der Geiseln beschäftigt ist. Somalische Ranger entfachen wenige Augenblicke vorher ein großes Feuer in ca. 200 m Entfernung vom Bug der Maschine, um Aufmerksamkeit zu erregen und möglichst viele Entführer ins Cockpit zu locken. Dann zünden zwei Mann der britischen Spezialeinsatztruppe SAS Blendgranaten. Gleichzeitig wird die Maschine über die sechs Zugänge durch jeweils einen Trupp zu fünf Mann gestürmt. Heuser, so W., sei zweiter Mann am Notausgang Mitte links über der Tragfläche gewesen. Der erste Mann öffnet die Notausgangstür und fällt mit dieser ins Flugzeug, Heuser als Nummer zwei sofort über den drüber und rein, unmittelbar danach folgen Nummer drei und vier. Überprüfung des Schussfelds. Geschrei, Lärm, Rufe: „Köpfe runter, wo sind die Schweine?" Im Bereich von Heuser keine Tangos (Täter). Daraufhin wird mit der Evakuierung der Geiseln über die Tragflächen und die hinteren Ausgänge begonnen. Der Trupp gegenüber von Heuser, am Notausgang Mitte rechts, hat Schwierigkeiten in die Maschine zu gelangen, weil dort ein Haufen Müll die Notausgangstür verklemmt. Gleichzeitig Schüsse im Bug. Mahmud und eine Terroristin werden noch im Cockpit außer Gefecht gesetzt. Ein dritter Terrorist kann aus dem Bereich der Ersten Klasse zwei Schüsse abgeben, bevor er getroffen wird. Die vierte Terroristin feuert aus der vorderen Toilette heraus; ein Beamter gibt einen Feuerstoß durch die Tür ab. Nach fünf bis max. sieben Minuten sind sämtliche Geiseln befreit und ins Flughafengebäude geschafft. Spezialisten entschärfen den in der Maschine verbliebenen Sprengstoff. Danach Rückmarsch der Einsatzkräfte zu einem abgesperrten Hangar, der als Basis dient. Waffen und Ausrüstung werden überprüft. Allmählich löst sich die Anspannung, man atmet erleichtert durch. Lachende Gesichter. Dies der Einsatz, so W., dann die Selbstmorde. Nein, er meine nicht die in Stammheim, sondern die unter den Einsatzkräften. Eine ganze Reihe hätten sich nämlich nach und nach umgebracht, so W. Das liege ihm schon lange auf der Seele. Die seien wohl nicht damit zurecht gekommen, nach jahrelangem Herumsitzen von einem Tag auf den anderen zum Supermann aufzusteigen, als Retter Deutschlands gefeiert zu werden und kurz darauf wieder in der üblichen Routine zu versinken (Aschenbahn, Schwimmbad, Üben, Trainieren). Psychologische Betreuung sei ja Fehlanzeige gewesen, jedenfalls was die Einsatzkräfte betreffe, wohingegen für Geiseln und Besatzung entsprechende Hilfe angeboten wurde. Das könne der Heuser natürlich alles bestätigen. Schulterklopfen habe es gegeben und ein Bundesverdienstkreuz obendrauf, von Schmidt höchstpersönlich verliehen während einer Feierstunde im Kanzleramt. Das liege aber bei den meisten längst in irgendeiner Schublade, in irgendeinem Schrank, oder auf dem Speicher, oder sonstwo. Manche hätten es auch im Müll entsorgt. Einer habe ihm vor einigen Jahren bei einem Kameradschaftstreffen erzählt, dass er's in einen Bach geworfen hätte. Nicht sofort, aber irgendwann. Weil sie sich selbst überlassen worden wären, weil keiner dagewesen sei, um sie aufzufangen, beim Fall aus Wolke sieben. Das klinge weinerlich, sei aber menschlich. In Hangelar habe man schnell den alten Tritt wieder aufgenommen und den Einsatz als erledigt betrachtet. Im Kopf sei das aber nicht erledigt, so W., da sei das heute noch präsent. Auch darüber wisse Heuser sicher etwas zu berichten. Damit seien manche eben nicht zurechtgekommen und hätten sich selber eine Kugel in den Kopf geschossen, wenn es schon die Entführer nicht taten. Das klinge hart, sei aber die Wahrheit. Sie wären damals ja auch ziemlich jung gewesen, die meisten so um die dreiundzwanzig, vierundzwanzig. Dies habe er jetzt einmal loswerden müssen, damit das vielleicht mal einer mitbekomme. Er habe das Gefühl, dass er das den Kameraden schuldig sei. Und wenn jetzt ohnehin dieses ganze alte Zeug wieder herausgekramt werde und breitgetreten, dann könne doch auch mal die Rede darauf kommen.

34

– wovon auch W. keine Ahnung hat: Dass das Code-Wort für den Einsatz in Mogadischu – *Feuerzauber* – schon einmal Verwendung fand. *Feuerzauber* war der Deckname für die Unterstützung der spanischen Faschisten im Bürgerkrieg durch die Nazis, Guernica, Legion Condor, beschlossen durch Hitler 1938 in Bayreuth, während der Wagnerfestspiele.

35

Schwarzweißfotos:

– Anführer und Terroristin im Che Guevara T-Shirt, die im Cockpit verdreht über den Instrumenten hängen;

– Terrorist auf dem Boden im Flughafengebäude mit bloßem Oberkörper, Verbänden, blutiger Hose, jemand fühlt den Puls;

– Anführer und Terroristin, mittlerweile auf dem Rollfeld vor der Maschine abgelegt, liegen nebeneinander auf dem Rücken; Anführer mit zerrissenem Hemd, Augen halb offen, schaut in den Himmel – nichts mehr vom cholerisch psychopathischen, vollkommen unberechenbaren Menschen zu sehen; Terroristin mit Blut um Mund und Nase, Kopf in Blutlache, Shirt am Bauch hochgerutscht, Hose offen, barfuß, leerer Blick (sieht traurig aus, auch wenn man um vorausgegangene unmenschliche Quälerei der Passagiere, Erschießung Flugkapitän usw. weiß; so übrigens auch W., der anklingen lässt, dass Kameraden beim Anblick der zur Strecke gebrachten Entführer für einen Moment ähnlich empfanden);

– Salveneinschüsse in Toilettentür (Löcher in einer Reihe schräg aufsteigend);

– Ausschüsse im Rumpf;

– fehlende Türen im Bereich der Notausgänge über den Tragflächen, stattdessen Plastikfolie, die man mit Klebeband befestigt hat;

– Passagiere und Besatzung im Flughafengebäude nach geglückter Rettung, mit Wolldecken;

– Wischnewski mit Krawatte auf halb acht, erleichtert, die Arme in die Seiten gestützt;

– Ankunft von Passagieren und Besatzung in Frankfurt am Main, großer Empfang, Schaulustige, Angehörige, Absperrgitter;

– GSG 9 Einheit angetreten auf Flughafen Köln/Bonn, in Zivil, mit Schlaghosen, in Hemden mit Stehkragen, Lederjacken, Jacketts, Turnschuhen, alle unmaskiert und noch nicht von heutiger Retortengardemaßgröße und Statur. Damals noch deutliche körperliche Unterschiede innerhalb der Truppe. Könnte auch eine Hobbyfußballmannschaft sein, wenn nicht die ernsten Gesichter wären. Heuser in erster Reihe, siebter von links.

36

RAF, 19.10.77

wir haben nach 43 tagen hanns-martin schleyers klägliche und korrupte existenz beendet. herr schmidt, der in seinem machtkalkül von anfang an mit schleyers tod spekulierte, kann ihn in der rue charles peguy in mulhouse in einem grünen audi 100 mit bad homburger kennzeichen abholen.

für unseren schmerz und unsere wut über die massaker von mogadischu und stammheim ist sein tod bedeutungslos. andreas, gudrun, jan, irmgard und uns überrascht die faschistische dramaturgie der imperialisten zur vernichtung der befreiungsbewegungen nicht. wir werden schmidt und der daran beteiligten allianz diese blutbäder nie vergessen.

der kampf hat erst begonnen!
freiheit durch bewaffneten antiimperialistischen kampf!

kommando siegfried hausner

37

– in einem weiteren Telefonat mit W., zwecks Klärung einiger Details, erwähnt dieser beiläufig auch Reaktionen der Öffentlichkeit nach dem Einsatz, oder besser von Teilen der Öffentlichkeit. Demnach findet auf die Einsatzbeamten unmittelbar nach deren Rückkehr eine regelrechte Hetzjagd statt. Wirtschaftsunternehmen und vermögende Privatpersonen sind stark an Abwerbungen interessiert. Das vorherrschende Klima der Angst schafft einen hohen Bedarf an Sicherheit, und wer wäre dazu besser geeignet, als die Helden von Mogadischu, die schließlich ihr Können vor aller Welt bewiesen haben? Kopfjäger werden damit beauftragt, Kontakte herzustellen und Angebote zu unterbreiten. Bei erfolgreicher Vermittlung winken hohe Prämien, was zu teils kuriosen Auswüchsen führt. W. berichtet, dass einzelne Beamte im Supermarkt angesprochen werden, als sie in der Schlange vor der Kasse warten. Ein anderer beim Tanken, einer sogar beim Abendessen in einer Pizzeria. Da offensichtlich ist, dass die Vermittler im Besitz geheimer, privater Informationen über die Beamten sind, werden durch die Dienststelle in Hangelar Untersuchungen angestellt, woher diese Informationen stammen, allerdings ohne konkretes Ergebnis. Davon abgesehen stehen die Erfolgsaussichten der Vermittler für eine Abwerbung nicht schlecht. Durch die rigorose Altersgrenze von damals siebenundzwanzig Jahren muss sich jeder der Beamten überlegen, was er hinterher machen will. Möglich wäre ein Schreibtischjob beim BGS oder die Versetzung zur Grenzkontrolle; immerhin unter Beibehaltung des Beamtenstatus'. Auf der anderen Seite locken hohe Verdienstmöglichkeiten. Die Gefahrenzulage bei der GSG 9 beträgt um die 200 DM, die zur normalen Dienstbesoldung dazukommt. Heuser verdient damals 2 800 DM brutto, Heinrich Grothe dagegen bietet ihm im Januar '78 ein Grundgehalt von 8 500 DM brutto, zzgl. Überstundenpauschale von 1990 DM zuzüglich evtl. Spesen. Traumhaft, findet W., mit dem sich Heuser damals bespricht. W. rät, unbedingt anzunehmen. Heusers Freundin Susanne ist nach kurzem Zögern ebenfalls einverstanden, obwohl ihr die Vorstellung eines Umzugs nach Berlin nicht recht behagt: eingekesselte Stadt, kalte Winter, womöglich Ofenheizung, Freizeitangebot gleich Null, was Natur, Wandern usw. betrifft. Und dann diese Berliner Schnauze, nicht zu vergessen den Freundes- und Bekanntenkreis, den man verlassen müsste. Ihre Frage, wer dann zukünftig Frau Würtz die Sprudelkisten hochtragen soll, ist nicht ganz ernst gemeint. Letztlich überwiegt die Aussicht auf eine gesicherte Zukunft. Ob Heuser für die Aufgabe überhaupt geeignet ist, wird von niemandem bezweifelt. Das Vorstellungsgespräch bei Familie Grothe jedenfalls verläuft problemlos. Bei Kaffee und Kuchen unterhält man sich angenehm in der Dahlemer Villa. Heuser macht einen vertrauenswürdigen Eindruck, was neben allen sonstigen Qualifikationen eine Grundvoraussetzung ist – schließlich ist er in Zukunft eng mit der Familie verbunden, wodurch er zwangsläufig Einblick in Privates erhält. Eine Vertrauensposition, nicht nur was den Schutz im Ernstfall anbetrifft. Auch die Nähe zu den Kindern spielt dabei eine wichtige Rolle. Die Weichen sind gestellt, Anfang Februar wird der Vertrag unterzeichnet. Nach

Ablauf der Kündigungsfrist soll Heuser seine neue Tätigkeit aufnehmen. Mitte Mai wird er in Hangelar offiziell verabschiedet, mit anschließendem Spanferkelgrillen und Fassbier auf der freien Kasernenfläche vor den Garagen. Am Tag darauf macht er sich gemeinsam mit Freundin Susanne auf den Weg nach Berlin. Nur drei Monate später heiraten die beiden in einer romantischen kleinen Kirche am Wannsee.

38

Geschäftsnummer: 5 – 1 StE 1/83
Oberlandesgericht Stuttgart
– 5. Strafsenat –
Beschluss
vom 12. Februar 2007
in der Strafvollstreckungssache gegen
Brigitte M o h n h a u p t ,
wegen Mordes u.a.,
– Verteidiger: Rechtsanwalt …

1. Die Vollstreckung des Restes der lebenslangen Freiheitsstrafe aus dem Urteil des Oberlandesgerichts Stuttgart vom 2. April 1985 in Verbindung mit dem Beschluss des Bundesgerichtshofes vom 16. Juli 1986 wird mit Wirkung zum 27. März 2007 zur Bewährung

a u s g e s e t z t.

2. Die Bewährungszeit beträgt fünf Jahre.
3. Die Verurteilte wird für die Dauer der Bewährungszeit

der Aufsicht und Leitung des für ihren künftigen Wohnort zuständigen Bewährungshelfers unterstellt. Sie wird angewiesen, sich – nach vorheriger Absprache – in den ersten drei Monaten nach ihrer Entlassung alle zwei Wochen, sodann einmal monatlich bei ihrem Bewährungshelfer zu melden.
4. Die Verurteilte hat nach ihrer Entlassung unter der dem Senat bei der Anhörung mitgeteilten Anschrift Wohnung zu nehmen und die polizeiliche Anmeldung dem Oberlandesgericht Stuttgart unverzüglich nachzuweisen.
5. Sie wird angewiesen, jeden Wohnungswechsel, die Aufnahme einer Arbeit und jeden Wechsel der Arbeitsstelle unverzüglich, jeden geplanten Auslandsaufenthalt vor Antritt der Reise ihrem Bewährungshelfer schriftlich anzuzeigen, jeden Wohnungswechsel zusätzlich dem Oberlandesgericht Stuttgart.
6. Die Belehrung über die Aussetzung des Strafrestes zur Bewährung wird gemäß § 454 Abs. 4 StPO dem Leiter der Justizvollzugsanstalt Aichach übertragen.

Gründe:

(...) Die bedingte Entlassung der Verurteilten kann auch unter Berücksichtigung des Sicherheitsinteresses der Allgemeinheit verantwortet werden. Der Senat sieht – in Übereinstimmung mit dem Vertreter der Generalbundesanwältin und mit der Beurteilung des psychiatrischen Sachverständigen – keine Anhaltspunkte für eine fortdauernde Gefährlichkeit der Verurteilten, d.h. für die Gefahr, dass sie künftig neue schwere Straftaten begehen könnte. (...)

Bei der vorzunehmenden Abwägung sind insbesondere die folgenden Gesichtspunkte bestimmend: Das kriminelle

Handeln der Verurteilten und ihre dabei zutage getretene Gefährlichkeit ist eng mit der Geschichte der terroristischen Vereinigung „RAF" verbunden. Als Einzelkind aus bürgerlichem Elternhaus stammend, wuchs Brigitte Mohnhaupt nach der Scheidung ihrer Eltern im Jahre 1960 bei ihrer Mutter auf. Nach Ablegung des Abiturs war sie ab dem Wintersemester 1967/1968 an der Universität München mit dem Studienziel „Journalistin" eingeschrieben. Im Frühjahr 1971 ging sie in den Untergrund und stieß zur „Baader - Meinhof - Bande". Die inner-psychischen Beweg- und Hintergründe ihrer Hinwendung zum Terrorismus sind nicht näher bekannt. Bereits im Juni 1972 wurde sie festgenommen und befand sich bis Februar 1977 zur vollständigen Verbüßung einer wegen Beteiligung an einer kriminellen Vereinigung u.a. verhängten Gesamtfreiheitsstrafe von vier Jahren und acht Monaten in Untersuchungs- bzw. Strafhaft. Die Strafvollstreckung führte zu keiner Zäsur in ihrem terroristischen Werdegang. Vielmehr hatte sie in den letzten acht Monaten ihrer Strafverbüßung in der Justizvollzugsanstalt Stuttgart-Stammheim täglich „Umschluss" mit den ebenfalls dort inhaftierten „RAF"-Mitgliedern Andreas Baader, Gudrun Ensslin, Jan-Carl Raspe, Ingrid Schubert und für kurze Zeit auch mit Irmgard Möller. Unter dem Einfluss dieser damals führenden Köpfe der „RAF" begann sie sofort nach ihrer Entlassung, die Kontakte der im Untergrund lebenden „RAF"-Angehörigen neu zu organisieren und sie zu terroristischen Anschlägen, insbesondere mit dem Ziel der Befreiung der inhaftierten Gesinnungsgenossen, anzuhalten. Sie wuchs dabei schnell in eine führende Rolle hinein, die sie noch mindestens bis zu ihrer erneuten Festnahme im November 1982 innehatte. Ihre bei den in dieser Zeit begangenen Taten hervorgetretene Gefährlichkeit, ihre Bereitschaft, sich auch mit gewalttätigen Mitteln, bis hin zum mehrfachen Mord, für ihre politischen Ziele einzusetzen, war eng mit der Zugehörigkeit zu dieser terroristischen Vereinigung verknüpft. In diesem Zusammenhang, bei der Darstellung und Bewertung der prognostisch bedeutsamen Faktoren auf der Ebene der Vorgeschichte, führt auch der forensisch, gerade im Bereich der Erstellung von Gefährlichkeitsprognosen erfahrene Sachverständige Prof. Dr. ... aus, es handele sich bei Frau Mohnhaupt unter kriminologischen Aspekten um eine sog. „Überzeugungstäterin", deren Taten einen politisch motivierten Hintergrund hatten und innerhalb einer entsprechenden extremistischen Gruppierung erfolgt sind. Ihre frühere Delinquenz basiere weder auf individuellen psychischen Auffälligkeiten noch auf einem Hintergrund einer persönlichen finanziellen Problematik. Prognostisch entscheidend sei daher die Frage, inwieweit bei Frau Mohnhaupt die Gefahr bestehe, dass sie sich nach einer Haftentlassung erneut gewaltbereiten politischen Gruppen anschließe bzw. sie weiterhin zu dem Versuch bereit und in der Lage sei, politische Forderungen mit gewalttätigen Mitteln durchzusetzen. Der Senat teilt die Auffassung des Sachverständigen und sieht – ebenfalls in Übereinstimmung mit diesem – keine konkreten Anhaltspunkte für eine solche Gefahr. (...)

Dem entspricht auch die Tatsache, dass die Verurteilte sich nach wie vor nicht von ihren Taten im Sinne einer Einsicht in begangenes Unrecht distanziert. Diesen Umstand wertet der Senat jedoch nicht als Indiz für eine fortbestehende Gefährlichkeit. Die Äußerungen von Brigitte Mohnhaupt gegenüber dem Senat waren in diesem

Punkt von dem Bemühen geprägt, die Rechtfertigung ihrer eigenen Lebensgeschichte, derjenigen ihrer früheren Gesinnungsgenossen und der Geschichte der „RAF“, insbesondere die für die damalige Zeit behauptete politische Legitimität der Gewalttaten nicht in Frage zu stellen. Davon abgesehen hat sie ihre ernsthafte innere Auseinandersetzung mit den schweren Folgen ihrer Taten glaubhaft gemacht. Sie hat erklärt, sie sei sich bewusst, dass ihre Taten für die Angehörigen der Opfer eine schwere traumatische Erfahrung gewesen sei und immer bleiben werde. Sie werde dafür die Verantwortung tragen müssen, ein Leben lang, die Zeit ändere daran nichts. Die Auseinandersetzung mit den Folgen ihrer Taten sei ihr immer präsent. Auch lese sie immer wieder Artikel, in denen Angehörige zu Wort kämen. Gleichwohl halte sie ein Zugehen auf die Angehörigen der Opfer für diese nicht zumutbar. Bloße Worte des Bedauerns oder der Entschuldigung seien nicht angemessen und unzulänglich. Entschuldigen könne man sich für Vieles im täglichen Leben, nicht jedoch für den Verlust eines Menschen, eines Vaters oder Sohnes, das Schlimmste, was man einem Menschen antun könne.

Nach alldem vermag das Fehlen einer offenen Distanzierung von den früheren Straftaten die eindeutige Erklärung der Verurteilten, sie werde künftig weder selbst Gewalt einsetzen noch sich an Gewalttätigkeiten Anderer beteiligen, nicht zu entkräften.

39

Nur für den Dienstgebrauch! Ostersonntag, 16.4.06, Aufzeichnung, Beginn: 15:11:22, Ende: 15:35:01, Telefonanschluss Heuser, Klaus und Susanne, Rufnummer 030 / 85 52 71 91, Tgb.Nr. 2–630/06, Az. StA 77Js2241/06, Anordnung Ri am AG Strietzel vom 15.4.06. Verteiler: 1 x StA, OStA'in Emmrich, 1 x PP Berlin, KHK Pelz, 1 x BKA Wiesbaden, KD Schappach, 1 x BKA Wiesbaden, ArbGr „Elser", 1 x Entwurf. Gewählte Nummer: 030 / 69 41 45 66. Anschlussinhaber: Baumgartner, Gabriele, Johanniterstr. 11, 10961 Berlin:

Baumgartner (B): Ja, hallo?
Heuser (H): Hallo Gabi, ich bin's.
B: Susanne, endlich, endlich meldest du dich, ich hab mir schon die größten Sorgen gemacht, ich hab's schon zwanzig Mal probiert, aber bei dir geht nie einer ran, wo warst du denn?
H: Ich hab den Stecker rausgezogen.
B: Furchtbar, das ist doch furchtbar, ich hab's gestern im Fernsehen gesehn, auf rbb, in den Nachrichten, ich hab gedacht, das gibt's doch nicht, das kann doch gar nicht sein, das ist alles ein Riesenirrtum.
H: Ja, ich wünschte, es wär so.
B: Wann… wie hast du es denn erfahren?
H: Gestern morgen. Die haben Sturm geklingelt bei mir, um vier oder fünf, ich hab geschlafen und dann stehen die vor der Tür, ein ganzes Kommando.

B: Polizei?

H: Ja.

B: Und dann?

H: Dann haben sie mir gesagt, dass der Klaus einen umgebracht hat und sie jetzt die Wohnung durchsuchen müssen.

B: Das gibt's nicht.

H: Das musst du dir vorstellen, Gabi, wie das ist, wenn dich in aller Herrgottsfrühe einer aus dem Bett klingelt und sagt, dass dein Mann jemanden getötet hat, auf der Flucht gefasst worden ist und irgendwo in Untersuchungshaft sitzt. Und dann stürmen zehn oder zwanzig Mann in die Wohnung und wühlen in jedem Schrank und in jeder Schublade. Da stehst du da und begreifst die Welt nicht mehr. Ich war wie vor den Kopf gestoßen, das ist doch unmöglich, ich begreif das immer noch nicht.

B: Das ist doch klar, das geht mir ja auch so und nicht nur mir, das geht doch jedem so, der den Klaus kennt. Das will keiner glauben, das ist einfach unmöglich.

H: Wenn er mir wenigstens mal was gesagt hätte, darüber gesprochen, was er vorhat, oder irgendeine Andeutung gemacht, aber da war nichts, Gabi, nichts, keinen Ton hat der gesagt, und die ganze Zeit so getan, als ob alles wie immer ist. Nichts hab ich dem angemerkt.

B: Ich hab Robert sofort zum Fernseher geholt, als ich die Nachrichten sah, aber der stand auch bloß da und war sprachlos. Und dann hat der geglaubt, das sei so eine Art versteckter Kamera, irgendeine Veralberung oder sonstwas, da war der felsenfest von überzeugt. Gelacht hat der und sich an die Stirn getippt, weil man ihm weismachen wolle, dass der Klaus ein Mörder sei.

H: Ich begreif das nicht, Gabi, ich begreif das einfach nicht. (H. weint). Das will mir nicht in den Kopf. Und dann haben die mich gefragt, ob ich da auch mit drinstecken würde und ich hab gefragt, worin denn, und dann haben die gesagt, dass ich das doch sehr genau wüsste und ich solle mich doch nicht so dumm stellen. Und ich hab nochmal gefragt, worin denn, aber die haben mir überhaupt nicht geantwortet. Und dann hab ich gefragt, wen er überhaupt umgebracht haben soll, wer denn das Opfer sei, und wo das passiert wäre und wann, und die schauen mich an, mit so einem Grinsen, als ob sie mir kein Wort glauben. Als ob ich alles wüsste. Wie kommen die überhaupt dazu, mir so etwas zu unterstellen?

B: Schon gut, Susanne, schon gut. Versuch ruhig zu bleiben. Hast du schon mit ihm gesprochen?
Wo ist er denn, im Fernsehen haben sie gesagt, in Süddeutschland.

H: Nein, noch nicht, aber ich hab jetzt eine Telefonnummer, da soll ich nachher anrufen, um fünf, dann könnte ich auch mit ihm sprechen.

B: Sag doch bitte, ich meine, auch wenn das komisch klingt, aber sag doch Grüße, auch von Robert.

H: Die behaupten, dass er ein Terrorist ist und dass er wahrscheinlich einer revolutionären Zelle angehört, das hätten die ersten Hinweise eindeutig ergeben, ich meine, die spinnen doch komplett, oder? Die sind doch verrückt, das ist doch lächerlich. Sogar das BKA haben die eingeschaltet.

B: Ausgerechnet Klaus!

H: Na eben, und das hab ich denen gesagt, auch was der früher gemacht hat, und ob sie das jetzt immer noch glauben, aber die waren da nicht abzubringen. Das sei eine politische Tat, haben die gesagt, das sei ganz klar, da hätten sie keine Zweifel, dafür gäbe es Beweise. Und ob ich denn ernsthaft behaupten wolle, keine Ahnung gehabt zu haben von der politischen Einstellung von Klaus. Aber der war doch gar nicht anders als andere, das meinst du doch auch Gabi, oder?

B: Natürlich nicht! Die spinnen doch!

H: Ich kann mich doch nicht all die Jahre derart in dem getäuscht haben.

B: Nie im Leben, das ist doch alles Unsinn, mach dich bloß nicht verrückt. Was haben die denn überhaupt für Beweise? Dieses Bekennerschreiben, von dem im Fernsehen berichtet wurde?

H: Ja. Aber das kann doch auch ein ganz anderer geschrieben haben, ich meine, wer sagt denn, dass der Klaus das geschrieben hat?

B: Genau.

H: Das klingt doch sowieso nicht nach dem, so wie ich das mitbekommen hab.

B: Überhaupt nicht. Und dass das eine Schweinerei ist, die Leute rauszuschmeißen und so, das findet doch der Robert auch. Da waren sich die zwei doch immer einig, außerdem denkt das doch jeder! Ich meine, dann müsste doch die halbe Welt voller Terroristen sein!

H: Vielleicht hat der Klaus ja wirklich durchgedreht.

B: Susanne, jetzt wart doch erstmal ab, bis du mit dem gesprochen hast.

H: Ach, am Telefon, da hören die doch mit, da kann der nicht, wie er will.

B: Ja, aber einen Eindruck bekommst du schon, wie er sich anhört und so.

H: Ja.

B: Kopf hoch, ich bin doch da, wir überstehen das. Ich komm nachher noch schnell vorbei, so gegen sieben vielleicht?

H: Ja. Ruf aber vorher nochmal kurz an.

B: Dann zieh aber nicht wieder den Stecker raus!

H: (H. lacht). Das war nur wegen der Anrufe von diesen Schmierblättern, und vom Fernsehen auch, unverschämt, sag ich dir. Da war die Durchsuchung kaum beendet, da klingelte schon das Telefon.

B: Widerlich. Lass dich bloß nicht mit denen ein. Gehört doch verboten, dieser Dreck, den die produzieren, damit die Leute sich drin suhlen können.

H: Gabi, der Klaus kann doch kein Terrorist geworden sein, von heute auf morgen, das gibt's doch nicht.

B: Jetzt wart doch erstmal ab, was da alles noch rauskommt.

H: Ja, du hast ja Recht, aber…

B: Lass jetzt bloß den Kopf nicht hängen, Susanne! Nimm dir das alles nicht so zu Herzen, auch wenn's schwerfällt.

H: Das sagt sich so leicht, Gabi.

B: Ich weiß, aber versuch's trotzdem. Bis gleich, tschüss Susanne.

H: Tschüss Gabi.

40

www.bild.t-online.de, 12.02.07

RAF-Freilassung
So leidet die Schleyer-Witwe
Von ALEXANDRA zu CASTELL-RÜDENHAUSEN

Lcidet bis heute unter dem RAF-Mord an ihrem Ehemann Hanns Martin: Witwe Waltrude Schleyer (90).

Das war alles viel zu viel für sie.

Große Sorge um Waltrude Schleyer, die Witwe des ermordeten Arbeitgeber-Präsidenten Hanns Martin Schleyer (62 †). Die alte tapfere Dame liegt nach einem akuten Schwächeanfall im Krankenhaus.

BILD erfuhr: Es war die Diskussion um die Freilassung von Brigitte Mohnhaupt und mögliche Begnadigung von Christian Klar, die der 90 Jahre alten leidgeprüften Frau schwer zu schaffen machten. Seit Monaten wurde sie in den Zeitungen, Zeitschriften und im Fernsehen immer wieder mit den grauenvollen Bildern aus dem Herbst 1977 konfrontiert – und immer wieder die schreckliche Erinnerung an die quälenden Tage.

Damals, als ihr Mann entführt wurde, sie 43 Tage zwischen Hoffen und Bangen mit ihren Kindern lebte, bis schließlich die Nachricht von der Ermordung des Familienvaters kam.

Mehrfach hatte Waltrude Schleyer in den vergangenen Wochen öffentlich gebeten: „Lasst die Mörder meines

Mannes nicht frei." Immer wieder hat sie betont: „Keine Gnade für diese Terroristen."

Weil die Täter bis heute kein Wort der Entschuldigung an sie und ihre Kinder gerichtet haben, keinerlei Reue zeigten. Der Gedanke, dass die ehemalige Rädelsführerin der RAF freikommen würde, trieb sie um.

Am Freitag, drei Tage vor der Entscheidung des Stuttgarter Oberlandesgerichts, verließen sie die Kräfte – Waltrude Schleyer musste in ein Stuttgarter Krankenhaus eingeliefert werden!

41

– Notiz im Zusammenhang mit der Übernahme von Grothe 2001 durch BCP/Lampert (Quelle Mielmann): Es habe Rangeleien gegeben! Zunächst war offenbar unklar, wer zukünftig Vorstandsvorsitzender werden soll. Lampert ließ durchsickern, dass es jemand aus dem bisherigen Vorstand sein würde. Daraufhin fanden die üblichen Hahnenkämpfe statt (Frauen in der Spitze bei Grothe seit jeher Fehlanzeige). Zuletzt noch im Rennen: Körber-Löhns und Vegelein. Gerüchte kursieren über finanzielle Zuwendungen beider Seiten an übrige Vorstände, bei entsprechendem Verhalten. Lagerbildung. Ausschlag für Körber-Löhns dann wohl durch eine gezielte Indiskretion: Lampert wird ein versteckt aufgenommenes Handy-Foto zugespielt, das Vegelein in einem schummrigen Berliner Etablissement zeigt. Etwas unscharf, trotzdem ist Vegelein gut zu erkennen, wie er breit grinsend halbnackte Siebzehn- und Achtzehnjährige (vermutl. Osteuropäerinnen) im Arm hat; auf einem Tischchen davor steht Schampus. Konsequenz: Körber-Löhns macht das Rennen, gleichwohl bleibt Vegelein im Vorstand (Kavaliersdelikt). Frau Mielmann schildert, wie man sich hinter vorgehaltener Hand ausgiebig über Vegelein lustig macht. So soll bei einer Konferenz mit ausländischen Geschäftspartnern das Namensschild von Vegelein in einer Verhandlungspause unbemerkt mit Kugelschreiber in Vögelein verändert worden sein.

42

„Wir sind nicht böse!"
behauptet Marc Schworz, amerikanischer Finanzinvestor,
der an der Übernahme der Firma Grothe interessiert ist
Von Wolfgang Marx

Der Mann auf der Terrasse des feudalen Schlosshotels im noblen Berliner Stadtteil Grunewald wirkt jung, fast jungenhaft. Modische Brille, keine Krawatte, Pullover über dem Hemd – Marc Schworz, 37, gleicht eher einem leicht zerstreuten Dozenten für zeitgenössische Poesie als einem knallharten Firmenhändler. Schworz ist Partner von David Baines, 45, Chef der Texas Atlantic Group, die hier in Nierenberg die Firma Grothe übernehmen will. Ein Unterfangen, das – vorsichtig ausgedrückt – Skepsis bei den Betroffenen auslöst. Den Texanern eilt ein schlechter Ruf voraus. Beim norddeutschen Mobilfunker Mobilcom sorgten sie mit der Forderung nach einer Auskehr der stillen Reserven für die Demission des beliebten Firmenchefs Grenz. Und Mitte des vergangenen Jahres legten sie mit ihren Brachialmethoden den Londoner Großflughafen Heathrow lahm: Um bei der Cateringgesellschaft Gate Gourmet Lohnkosten einzusparen, wollte man das Stammpersonal durch Zeitarbeiter aus Polen und Somalia ersetzen. Als die verzweifelten Mitarbeiter auf die anrückenden Billiglöhner mit wilden Streiks reagierten, ließ David Baines Massenentlassungen per Megaphon verkünden. Daraufhin traten auch Angestellte von British Airways in den Ausstand. „Ein ziemlicher Sturm, aber um die Fakten hat sich keiner gekümmert", klagt Schworz und versichert: „Wir vernichten doch keine Werte, wir sind am Erfolg unserer Unternehmen interessiert und haben in Europa vier Milliarden Euro Eigenkapital investiert. Letztendlich sind wir bloß ein Katalysator, der den ohnehin nötigen Strukturwandel vorantreibt". In welcher Form sich ein möglicher Strukturwandel bei Grothe auswirken könnte, lässt Schworz zum derzeitigen Zeitpunkt offen. Erst müsse er ein vollständiges Bild vom Unternehmen gewinnen, dann könne man sich über die erforderlichen Maßnahmen unterhalten. Die Belegschaft von Grothe befürchtet unterdessen das Schlimmste. Längst macht in Bezug auf die Texas Atlantic Group das Wort vom potentiellen Arbeitsplatzvernichter die Runde. Schworz tritt solchen Anschuldigungen furchtlos entgegen. „Wenn man Teile der Produktion dahin verlagert, wo auch die Nachfrage ist, ins Ausland nämlich, dann handelt man wirtschaftlich vernünftig. Im höchsten Grad fahrlässig dagegen wäre es, mit aller Gewalt an etwas festzuhalten, was auf Dauer sowieso nicht zu halten ist. Dadurch werden doch Arbeitsplätze erst vernichtet, und zwar endgültig. So ein Verhalten ist nur nachvollziehbar, wenn man nicht über den eigenen Tellerrand hinaussieht. Wir leben aber längst in einer anderen Welt." Dagegen ist wenig zu sagen, vor allem, wenn man Schworz' Texas Atlantic Group einmal genauer unter die Lupe nimmt: 5,8 Mrd. Dollar haben die Texaner von institutionellen wie privaten Anlegern eingesammelt und damit gehen sie weltweit auf Firmenjagd. Im Gegenzug versprechen sie höchste Renditen. Dafür müssen sie ranklotzen – das kann sich aber lohnen. Der nach Informationen aus Insider-Kreisen bereits so gut wie unterschriftsreife Grothe-Deal ist nur einer von vielen. Herausragend etwa, und von den Konkurrenten neidvoll betrachtet, war der Kauf und Wiederverkauf der Hoechst-Tochter Celanese, der unter dem Strich 2,5 Mrd. Dollar Profit in die Kassen der Südstaatler spülte. Dass angesichts solcher Summen keine Samthandschuhe im Spiel sind, versteht sich von selbst. Schworz nimmt kein Blatt vor den Mund und scheut sich keineswegs vor Sätzen wie: „Eure deutschen Unternehmen sitzen auf einem Sack voll Bargeld. Aus Aktionärssicht ist das vollkommen inakzeptabel", oder: „Die Nachfolgeregelung im Mittelstand habt ihr Deutschen völlig verschlafen. Und dann auch noch diese Anspruchshaltung, immer mehr Freizeit, immer weniger Arbeit. Da habt ihr ein echtes Problem." Will man aber daraufhin den Schluss ziehen, dass die Texas Atlantic Group offenbar genau das ist, was man ihr vorwirft, nämlich „ein Haufen skrupelloser und eiskalter Desperados mit Dollar-Zeichen in den Augen" – wie Betriebsrat Heinz Klump kürzlich verlauten ließ – dann kontert Schworz mit überraschenden Äußerungen zur Firmenphilosophie. Nach wie vor, behauptet der smarte College-Typ, gelte für die Texas Atlantic Group der Grundsatz „People first!". Das dürfe man gerne wörtlich nehmen, gerade hier in Nierenberg. Für die heftigen Anfeindungen von Klump hat Schworz kein Verständnis. Auf Dauer nämlich seien es Hardliner wie Klump, die Arbeitsplätze mit überzogenen und abstrusen Durchhalteparolen vernichteten. Eine uralte Gewerkschaftskrankheit. Er dagegen sei überzeugt, dass sich weltweit die Zahl der Arbeitsplätze von Grothe nicht verringern, sondern erhöhen werde. „Wir wollen Grothe kaufen", so Schworz, „weil wir glauben, dass in dem Unternehmen ein außerordentliches Potential liegt, das wir heben können. Natürlich ist es unser Ziel, für unsere Investoren Renditen zu erwirtschaften. Das aber gelingt uns doch nur, wenn wir das Unternehmen verbessern, um es später zu einem höheren Preis wieder verkaufen zu können. Das ist ja das Prinzip von Private Equity. Wir werden also bei Grothe Investitionen tätigen, die die Arbeitsplätze mittelfristig sichern!" Auch auf Gerüchte angesprochen, die in Nierenberg schon seit einigen Tagen die Runde machen, dass nämlich der Kaufpreis von Grothe 1,8 Mrd. Dollar betragen soll und damit das Dreifache von dem, was die BCP vor fünf Jahren bezahlte, reagiert Schworz souverän. Erstens werde er selbstverständlich keine Zahlen kommentieren, solange das Geschäft noch nicht unter Dach und Fach sei und zweitens könne man sich bei Grothe darauf verlassen, dass sich die Texas Atlantic Group genau überlege, wieviel Geld sie ausgebe – sei es bei Grothe oder bei irgendeinem anderen Deal. „Wir rechnen das schon mal durch, vorher", sagt Schworz und lacht. Dass ihm Summen solcher Größenordnung keine Angst machen, liegt auf der Hand: Mit einem Jahresverdienst von 160 Millionen Dollar im Jahr 2005 gehört er zu den Top-Verdienern. Nach oben sind dabei die Grenzen offen. Der 43-jährige George Haim durfte im letzten Jahr anlässlich der Übernahme des Einzelhandelsriesen Kmart eine runde Milliarde abschöpfen. Damit ist er der ungekrönte König der Geldverdiener. Zu diesen schwindelerregenden Höhen haben die Nierenberger Beschäftigten keinen Bezug. Dort geht die Angst um, bald arbeitslos zu werden. So wie es aussieht, ist die Übernahme von Grothe nicht mehr zu stoppen. Laut Schworz sind die Verhandlungen „auf einem guten Weg". Zu hoffen bleibt, dass die Belegschaft mit einem blauen Auge davonkommt, aber wie sich die Dinge entwickeln werden, ist ungewiss. Schworz jedenfalls sieht keinen Anlass zur Besorgnis. Er verabschiedet sich lächelnd, mit einem kräftigen Händedruck und aufmunternden Worten: „Kopf hoch! Ihr habt doch gar keinen Grund, so pessimistisch zu sein. Wartet erst einmal ab, bevor ihr die Welt untergehen lasst."

(*Nierenberger Nachrichten* vom Donnerstag, 13.04.2006, Seite 3)

43

9.3.07, 6:00 p.m., ET; FORBES.com. The World's Richest People 2006, Top Fifteen (in Klammern: Vermögen 2005):

	Mrd. Dollar
01. William Gates III, Microsoft, USA,	56.0 (50.0)
02. W. Buffett, Berkshire Hathaway, USA,	52.0 (42.0)

03.	Carlos S. Helu, Telekom, Mexiko,	49.0 (30.0)
04.	Ingvar Kamprad, Ikea, Schweden,	33.0 (28.0)
05.	L. Mittal, Mittal Steel Company, Indien,	32.0 (23.5)
06.	Sheldon Adelson, Las Vegas Sands,	26.5 (16.1)
07.	Bernard Arnault, Moët Hennessy Louis Vuitton S.A., Frankreich,	26.0 (21.5)
08.	Amancio Ortega, Zara, Spanien,	24.0 (14.8)
09.	Li Ka-shing, Cheung Kong, Hong Kong,	23.0 (18.8)
10.	David Thomson & Familie, The Thomson Corporation, Kanada,	22.0 (19.6)
11.	Larry Ellison, Oracle, USA,	21.5 (16.0)
12.	Liliane Bettencourt, L'Oréal, Frankreich,	20.7 (16.0)
13.	Prince Alwaleed Bin Talal Alsaud, Investments, Saudi Arabien,	20.3 (20.0)
14.	M. Ambani, Reliance Industries, Indien,	20.1 (8.5)
15.	Karl Albrecht, Aldi Süd, Deutschland,	20.0 (17.0)

Milliardäre insgesamt	2005: 793
	2006: 946 (+16%)
Vermögen insgesamt	2005: 2.6 Billionen Dollar
	2006: 3.5 Billionen Dollar (+26%)

– zum Verhältnis Million/Milliarde: Stapel einer Million in Scheinen zu Hundertern ergibt eine Höhe von 1 Meter. Stapel einer Milliarde in Scheinen zu Hundertern ergibt eine Höhe von 1 Kilometer.
– die 225 reichsten Menschen der Welt besitzen so viel Vermögen wie die Hälfte der Menschheit (Stand 2001).

– eine Milliarde Menschen muss mit weniger als einem Dollar pro Tag auskommen.

44

www.perlentaucher.de, Feuilletons, SPIEGEL ONLINE, 14.03.2007

Im Interview mit Michael Sontheimer verteidigt Claus Peymann noch einmal Christian Klars Kapitalismuskritik und erklärt, warum für ihn die RAF-Terroristen keine gewöhnlichen Mörder sind, „die töten, nachdem sie eine Frau vergewaltigt haben oder die töten, um sich zu bereichern. Diese Terroristen haben getötet, weil sie glaubten, mit ihren Morden etwas gegen die Ermordung von hunderttausenden von Kindern und Frauen in Vietnam tun zu können, weil sie glaubten, etwas gegen das Elend in der Dritten Welt tun zu müssen. Wie Brecht seine Johanna der Schlachthöfe sagen lässt: ‚Es hilft nur Gewalt wo Gewalt herrscht…'. Für mich ist Christian Klar deshalb eine tragische Figur."

45

„Der soll mal halblang machen, der Peymann, der spinnt doch! Die haben Fahrer abgeknallt und Passanten, in Zürich, diese Frau, bei dem Banküberfall, da war doch der Klar dabei, das weiß ich doch, wie die in dieser unterirdischen Einkaufspassage die Frau erschossen haben, und anderswo Zöllner, oder Beamte, den Braunmühl, was weiß ich, und das haben die gemacht, um etwas gegen das

Elend in der Dritten Welt zu tun? Ich meine, der ist doch bekloppt, wenn er das ernsthaft meint, oder etwa nicht? Mehr fällt mir dazu nicht ein!"

(Passant auf dem Berliner Ku'damm gegenüber einem Fernsehteam, das für die Abendnachrichten auf TV Berlin eine Umfrage zur Äußerung Peymanns macht)

46

– Telefonat mit Prof. Dr. med. Michael Lauer, 45, leitender Oberarzt an der Charité, Klinik für Psychiatrie und Psychotherapie. Lauer war Heusers Gutachter in der Verhandlung. Selbstverständlich könne er nur im Rahmen seines in der Verhandlung öffentlich vorgetragenen Gutachtens Auskunft erteilen, sagt Lauer, dessen Hinzuziehung übrigens nichts Außergewöhnliches war, d.h. allein deshalb kann nicht darauf geschlossen werden, dass mit Heuser „etwas nicht stimmt", oder zumindest ein entsprechender Verdacht besteht. „Bei Mord oder Totschlag", sagt Lauer, „stellt sich immer die Frage, ob der Täter zum Zeitpunkt der Tat im Vollbesitz seiner geistigen Kräfte war. In Deutschland wird doch in den allermeisten Fällen im Zustand übersteigerter Emotion gemordet. Mafiöse Strukturen wie in Italien oder Russland gibt es bei uns – Gott sei Dank – bislang nicht. Eiskalte Auftragskiller existieren vielleicht im Kino oder in Romanen, haben aber mit der Realität hierzulande wenig zu tun, weshalb die Begutachtung des Täters hinsichtlich seiner Schuldfähigkeit und damit seiner strafrechtlichen Verantwortlichkeit der Normalfall ist. Im Fall Heuser hatte ich nach Abschluss der Untersuchungen in dieser Hinsicht keine Zweifel. Herr Heuser wusste sehr genau, was er tat und war jederzeit Herr des Geschehens. Er hatte bis zuletzt die Möglichkeit, aus eigenem Entschluss von der Tat zurückzutreten, machte davon aber keinen Gebrauch, sondern verfolgte konsequent sein Ziel. Er war davon überzeugt, diesen Schworz vollkommen zu Recht zu töten. Ansätze eines Unrechtsbewusstseins konnte ich nicht feststellen. Überhaupt widersprach Herr Heuser der Ansicht, dass er sich um hundertachtzig Grad gedreht habe, im Vergleich zu dem Sechsundzwanzigjährigen von Mogadischu. Sicher, er sei heute ein anderer Mensch, habe andere Wertvorstellungen, doch vertrete er keine anderen moralischen Überzeugungen als früher auch. Auffallend war, dass Herr Heuser nur wenig an sich heranlässt. Um sich herum hat er einen Schutzpanzer aufgebaut, im Innern aber ist er weicher als man annehmen würde und durchaus verletzlich. Bei der biografischen Anamnese wurde klar, wie sehr ihn die Ereignisse in Mogadischu prägten. Auch der nachträgliche Umgang damit, das heißt vor allem die fehlende Betreuung, die Erfahrung des „Auf-sich-selbst-gestellt-seins“ undsoweiter, haben Spuren hinterlassen. Dazu kommt seine übermäßig ausgeprägte, etwas naive Vorstellung von Gerechtigkeit. Herr Heuser erzählte, wie er damals unter dem Eindruck der Ereignisse damit begann, sich mit den politischen Hintergründen der Entführer zu befassen. Er habe sich Bücher besorgt über den Nahostkonflikt. Je mehr er darüber erfahren habe, desto neugieriger sei er geworden. Damals habe bei ihm erstmals eine Art politisches Bewusstsein eingesetzt. Ganz allmählich habe sich dann seine Sicht auf die Welt gewandelt. Ein Prozess, der sich offenbar über Jahre hinzog. Seine Frau berichtete, dass sie zwar bemerkt habe, dass ihr Mann zuletzt andere politische Meinungen vertrat als früher, doch hielt sie das für eine normale Entwicklung. Sie selbst denke doch heute auch anders als vor zwanzig Jahren. Von einer Radikalisierung jedenfalls habe sie nichts mitbekommen. Extrem wütend oder gar hasserfüllt habe sie ihren Mann bis zuletzt nie erlebt. Natürlich, wenn Heinz Klump zu Besuch gewesen sei, ein langjähriger Freund, dann hätten sich die zwei schon mal gegenseitig hochgeschaukelt, aber dass ihr Mann Straftaten oder sogar einen Mord plane, hätte sie niemals für möglich gehalten. Unfassbar sei das für sie, ganz und gar unfassbar. Sie frage sich, mit wem sie eigentlich all die Jahre zusammengelebt habe. Für sie sei eine Welt zusammengebrochen, nicht einmal in erster Linie wegen der Tat an sich, sondern vor allem deshalb, weil ihr Mann sie derart hintergangen und völlig von sich ausgeschlossen habe. Belogen habe der sie, zuletzt mit dieser geschäftlichen Osterreise. Da habe sie natürlich angefangen, sich ihre Gedanken zu machen. Die Besuche in der Haft seien für sie deshalb wenig angenehm, denn sie sei misstrauisch geworden und könne ihrem Mann nicht mehr offen gegenübertreten. Bestimmte Reaktionen in den letzten Jahren sähe sie jetzt in einem anderen Licht. Etwa, als er rigoros abgelehnt habe, zusammen mit Herrn Grothe nach Lugano zu ziehen. Sie wäre nämlich sofort und ohne Bedenken nach Lugano gezogen. Grothes hätten ja sogar schon ein entsprechendes Häuschen für sie beide angemietet. Mit ihrem Mann aber sei einfach nicht zu reden gewesen. Das käme überhaupt nicht in Frage, habe der gesagt. Da sei er lieber Fahrer von Körber-Löhns geworden, obwohl er sich dadurch deutlich schlechter gestellt habe, nicht nur, was das Finanzielle betreffe. Heute erkläre sie sich das so, dass er am Ort des Geschehens habe bleiben wollen, wozu ihm auch Klump geraten hätte; aus freundschaftlichen, vielleicht aber auch aus ganz eigensüchtigen Gründen. Abschottung also auch gegenüber seiner Frau. Herr Heuser selbst sagte, dass er seine Frau schützen wollte, dass er sie nicht hineinziehen wollte in etwas, was nur er zu verantworten hätte. Das ist durchaus glaubhaft. Herr Heuser ist meiner Meinung nach – auch aus seinem eigenen Verständnis heraus – ein Einzeltäter, der überzeugt war, eine unheilvolle Entwicklung durch seine Tat aufhalten zu können und zu müssen. Die lebenslange Haftstrafe, die ihm drohte, nahm er bewusst in Kauf. Er machte ja auch gar keinen Fluchtversuch bei seiner Festnahme, sondern bedauerte lediglich, dass er Herrn Grothe nicht mehr mit den Spätfolgen des Firmenverkaufs konfrontieren konnte. Anschließend wollte er sich offenbar so oder so stellen. Wie ich schon sagte, ein Zeichen von Reue, oder das Bedürfnis, sich bei den Angehörigen des Opfers zu entschuldigen, war bei Herrn Heuser nicht zu erkennen. Schworz habe sich auch bei niemandem entschuldigt, rechtfertigte er sich in einer der letzten Sitzungen, als ich ihn direkt darauf ansprach. Und von Reue könne bei Schworz doch wohl auch keine Rede sein. Vielmehr habe der bei erfolgreichen Deals die Korken knallen lassen. Da habe er, Heuser, eben auch mal geknallt."

47

London, 24. April 2006, The Savoy, commercial room „Kensington". Konferenzprotokoll. Teilnehmer: David Baines, Texas Atlantic Group, John Lampert, British Commerce Partners, Gerhard Feldmann, Deutsche Bank Berlin. Zunächst: Allgemeine Bestürzung über den gewaltsamen Tod von Schworz. Tenor: Unfassbar, unbegreifbar, furchtbar. Einhellige Meinung, dass man sich dadurch nicht beirren lassen dürfe, um diese Terroristen nicht auch noch zu ermutigen/bestärken in ihrem Tun. „Wir sind nicht erpressbar!" (Herr Baines). Alle Beteiligten sind sich darüber einig, dass man den Grothe-Deal wie geplant abwickeln werde, das sei auch im Sinne des Opfers. Zur Sache wird ausgehandelt: Herr Baines akzeptiert Kaufpreis von 1,8 Milliarden Euro. Frage der Finanzierung: Texas Atlantic Group bringt 300 Millionen Eigenkapital ein; von Goldman Sachs (Herr P. J. Webber aus terminlichen Gründen nicht anwesend) liegt schriftliche Kreditzusage über 750 Millionen vor; Herr Feldmann übernimmt restliche 750 Millionen. Credit Suisse kreist in der Warteschleife, sollte weiterer Kapitalbedarf bestehen. Herr Lampert gibt derzeitiges Eigenkapital von Grothe mit rund 165 Millionen an. Datum der Übernahme wird auf 8. Mai avisiert. Führungskräfte sollen zunächst übernommen werden, im Lauf der Zeit besteht Absicht zum allmählichen Austausch. Damit zusammenhängende vertragliche Verpflichtungen sollen auf unterer Ebene besprochen/geklärt werden. Derzeitiger Chef Herr Dr. Körber-Löhns wird sofort freigestellt, Abfindung laut Vertrag. Herr Lampert plädiert dafür, Herrn Vegelein zumindest als vorübergehenden Nachfolger einzusetzen. Herr Feldmann spricht generell Problem der Mitarbeiter an, d.h. größere Freisetzungen würden im lokalen Bereich auf heftigen Widerstand stoßen; Herr Feldmann befürchtet dadurch einen Imageverlust der Deutschen Bank. Herr Baines zeigt Verständnis und kann sich sozial ausgewogenes Vorgehen vorstellen. Herr Lampert gibt Erfahrungen bei British Airways zu bedenken und verweist auf erfolgreichen Kurs von Grothe. Herr Baines ist zuversichtlich. „Wir werden das Problem lösen!". Ausarbeitung der Verträge wie besprochen wird verabredet. Vorlage unterschriftsreif bis spätestens 2. Mai. Abschließend Erörterung der Sicherheitslage bei Grothe: Muss von weiteren Anschlägen ausgegangen werden? Herr Feldmann erwähnt, dass ein gewisser Hauptkommissar Pelz von der Berliner Polizei mit ihm Kontakt aufgenommen habe. Herr Feldmann schätzt aufgrund der Andeutungen von Pelz die Lage so ein, dass von einer konkreten Bedrohung offenbar nichts bekannt sei, sie könne aber auch nicht ausgeschlossen werden. Herr Vegelein habe erzählt, dass das Firmengelände derzeit neben verstärkter Werkschutzpräsenz in regelmäßigen Abständen (alle zwei Stunden) durch eine Streife der örtlichen Polizei überprüft werde. Herr Baines erkundigt sich nach ersten Ermittlungsergebnissen wegen möglicher Hintermänner der Tat. Herr Feldmann verweist auf Herrn Dr. Körber-Löhns und Herrn Vegelein, die vermutlich mehr Informationen hätten, bietet aber an, entweder noch einmal bei Pelz oder direkt beim BKA (Kriminaldirektor Schappach) in den nächsten Tagen nachfragen zu lassen. Ende der Konferenz um 16:20 Uhr. Herzliche Verabschiedung (Herr Lampert und Herr Baines gratulieren Herrn Feldmann zum gewonnenen Prozess).

48

„Die Kleinen hängt man auf, die Großen lässt man laufen!“
Im Düsseldorfer Landgericht wurde ein Schlussstrich gezogen
Von Wolfgang Marx

Nun ist er also zu Ende, der angeblich größte und wichtigste Prozess der deutschen Wirtschaftsgeschichte. Gestern folgte die 5. Große Strafkammer des Düsseldorfer Landgerichts den gemeinsamen Anträgen von Verteidigung und Staatsanwaltschaft und stellte das Verfahren gegen die Angeklagten Feldmann, Messer u.a. rechtskräftig gegen Zahlung einer Geldauflage ein. Feldmann muss 3,2 Millionen Euro abführen, Messer immerhin noch 1,5 Millionen. Die Frage, wie hart Feldmann diese Zahlung bei einem Jahresverdienst von geschätzten vierzig Millionen trifft, scheint berechtigt. Aber um die Durchsetzung des Rechts ging es offenbar in diesem Verfahren sowieso nicht, jedenfalls drängte sich dieser Eindruck bei den allermeisten Prozessbeobachtern von Anfang an auf. Von einem Eiertanz der Düsseldorfer Staatsanwaltschaft war die Rede und davon, dass Generalstaatsanwalt Walter Laiber seine wackeren Mannen mit halbem Herzen und offenbar vor allem aus formalen Gründen zum Jagen trug. Den ehemaligen Angeklagten, die ab sofort wieder eine blütenweiße Weste haben, war's vermutlich recht. Keine Rede mehr von „Habgier“ und „Machtmissbrauch“, von „Absahnen“ und „Selbstbedienungsmentalität“. Erinnern wir uns: Es ging um den Vorwurf der Untreue. Feldmann wurde vorgeworfen, in seiner Eigenschaft als Aufsichtsrat des Unternehmens Fruwesfru Abfindungen und Bonuszahlungen in Höhe von insgesamt 57 Millionen Euro an ausscheidende Manager, darunter Klaus Messer, genehmigt zu haben, die nicht gerechtfertigt gewesen seien. Nach einer vorausgegangenen monatelangen Übernahmeschlacht, während der der Aktienkurs von Fruwesfru in unvorstellbare Höhen getrieben wurde, hatte schließlich der Angreifer Megafone, ein britischer Konkurrent, gesiegt. Als Trostpflaster bekam Messer, der damalige Chefmanager von Fruwesfru, eine Einmalzahlung von 16 Millionen Euro überwiesen. Zu Recht, so Feldmann damals wie heute, denn Messer habe die Haut des Unternehmens teuer verkauft. Zu Unrecht, so Staatsanwalt Sven Kammerer in einem seltenen Anflug von rechtsstaatlichem Grundempfinden. Feldmann jedenfalls war von Anfang an zuversichtlich. Das am ersten Prozesstag aufgenommene Foto des charismatischen Schweizers mit breitem Grinsen und Victory-Zeichen ist noch in bester Erinnerung. Er sollte Recht behalten. Nachdem schon ein erster Prozess im Januar 2004 mit Freisprüchen geendet hatte – die dann allerdings von einem höchst humorlosen Revisionsurteil des BGH kassiert und an die jetzige Strafkammer zur erneuten Verhandlung zurückverwiesen wurden – ist es nun endgültig. Klappe zu, Affe tot. Dass sich die Angeklagten wie Gutsherren aufgeführt hätten, wie der BGH in seiner Begründung zum fehlerhaften ersten Urteil des Landgerichts ausführte, spielt nun keine Rolle mehr. Aus und vorbei. Freilich kommt dem unbedarften Betrachter dabei unwillkürlich in den Sinn, dass sich Feldmann & Co womöglich freigekauft haben könnten. Dem allerdings widersprach Staatsanwalt Kammerer unmittelbar nach Ende der Verhandlung energisch: „In Deutschland kann man sich nicht freikaufen! Wir sind hier doch nicht in irgendeiner Bananenrepublik!". Anschließend führte der Jurist aus, dass die Vorschrift des § 153 a StPO keinesfalls eine Vorschrift sei, die Reiche begünstige. Das sei vollkommen abwegig. Es habe keinen Handel mit der Gerechtigkeit gegeben, sondern eine sachgerechte Entscheidung. Mehr gebe es dazu nicht zu sagen. Punktum. Und damit scheint der Fall Feldmann, Messer u.a. endgültig ad acta gelegt. Zurück blieben ein paar verwunderte Achselzucker, aber mehr nicht. Im Saal 111 des Düsseldorfer Gerichtsgebäudes packte man unaufgeregt zusammen. Als alle draußen waren, machte Justizwachtmeister Heinz G. (58) das Licht aus und schloss ab.

(*Nierenberger Nachrichten* vom Dienstag, 11.4.06, Seite 3)

49

Das Wort zum Sonntag vom 28. April 2007,
gesprochen von Stephan Wahl:

„Mache Geld zu deinem Gott und es wird dich plagen wie der Teufel!"

Dieser Satz (Henry Fielding) scheint nur bedingt zu stimmen, denn die, deren Profite steigen, wirken meist nicht sonderlich unglücklich. Eher die, auf deren Kosten es geschieht. Wie viele Arbeitsplätze gehen verloren, weil der Aktienkurs Maß aller Dinge ist, oder die Kapitalrendite.

Mehr, mehr, mehr und wenn das auf Kosten von Menschen geht. Wir haben in der Kirche dafür einen sehr alten Begriff: Sünde. Wenn wir in der Kirche von Sünde reden denkt immer alle Welt: die Spaßverderber! Aber lange vor dem 6. Gebot steht das erste der 10 Gebote: „Du sollst keine Götter neben mir haben." Das hat Gott dem Mose damals als erstes auf Steintafeln und damit hinter die Ohren geschrieben. Das ist gültig bis heute. Wo Geld zur obersten Maxime wird, da fallen die Schranken zum ungebremsten und asozialen Kapitalismus. Die Kluft wird immer größer. Arme werden ärmer und Reiche werden reicher. Sicher, es gibt genug Arbeitgeber, die alles tun um Arbeitsplätze zu erhalten oder um neue zu schaffen, und die vor schwierigen Entscheidungen schlaflose Nächte haben. Aber das andere ist leider auch wahr. Nach wie vor haben Millionen Menschen keine Chance auf dem Arbeitsmarkt. Wir gewöhnen uns an Hartz 4 Empfänger – fast zynisch, wenn man bedenkt, mit was der Name Hartz sonst noch verbunden wird. (…) Unsere Motivation ist klar: Die Auferstehung Christi! Ostern haben wir sie gerade wieder gefeiert. Das ist unsere ewige Perspektive, das ist die Herausforderung, ohne Scheu vor aufgeplusterten falschen Göttern, ohne vor irgend jemand einzuknicken, soziales Unrecht zu benennen und vor menschenverachtenden Strukturen zu warnen. Und: unsere Freiheit zu nutzen, um dagegen etwas zu tun, was auch geschieht. (…)

In diesem Sinne wünsche ich Ihnen einen gesegneten Sonntag."

50

„Das Schweinesystem schlägt zurück"
Keine Hafterleichterung für Christian Klar

Baden-Württembergs Justizminister Ulrich Goll (FDP) verweigert jede Hafterleichterung für den RAF-Gefangenen Christian Klar. Grund: Seine kapitalismuskritische Grußbotschaft vom Januar. Intendant Claus Peymann, der Klar eine Arbeit geben will: „Das, was Klar sagt, ist doch eigentlich die Meinung von fünf Milliarden Menschen auf der Welt. Er spricht das aus, was der weitaus größte Teil der Weltbevölkerung außerhalb von Westeuropa und Amerika denkt."

(*taz* vom 1.3.2007)

51

August 2006. Demonstration vor den Werkstoren von Grothe. Die IG Metall hat zur befristeten Arbeitsniederlegung aufgerufen. Nahezu alle der eintausendzwölf Mitarbeiter folgen der Aufforderung und versammeln sich zur Kundgebung. Gewerkschaftsmitarbeiter verteilen – solange der Vorrat reicht – rote Hemden, auf denen „Grothe darf nicht sterben!" gedruckt ist, dazu Unmengen von Trillerpfeifen. Auf Transparenten ist zu lesen: „Wir kämpfen bis zum Schluss für unsere Rechte!"; „Solidarität statt Kriminalität!"; „Wer sich nicht wehrt, lebt verkehrt!"; „Texaner ab nach Dallas!". Durch die große Menschenmenge vor den Toren kommt es zu durchaus beabsichtigten Verkehrsbehinderungen auf der unmittelbar vorbeiführenden Bundesstraße. Polizei erscheint, ist aber zahlenmäßig zu schwach, um sich durchzusetzen und muss das Eintreffen von Verstärkung abwarten. Die Bundesstraße wird solange wegen Gefährdung der Kundgebungsteilnehmer komplett gesperrt. Dadurch starke Verkehrsbehinderungen. Empfehlung an Ortskundige, den Bereich weiträumig zu umfahren. Am provisorisch aufgebauten Rednerpult mit Mikrofon und Lautsprecher Heinz Klump:

„Kolleginnen und Kollegen! Kaum drei Monate nach der Übernahme unserer Firma durch die texanischen Finanzinvestoren machen sie sich daran, unsere schlimmsten Befürchtungen in die Tat umzusetzen. (-Pfeifkonzert-) Das lassen wir uns nicht bieten! (-Beifall-) Wie Ihr wisst, hat Herr Vegelein in einem Schreiben an den Betriebsrat einschneidende Veränderungen angekündigt. Ich darf für alle diejenigen unter Euch, die das Schreiben nicht kennen, noch einmal das Wichtigste daraus vorlesen. Herr Vegelein schreibt: ‚Uns schnüren die Lohnkostenunterschiede zu Mitbewerbern aus Billiglohn-Ländern, der starke Euro und die explodierten Messingpreise den Hals zu. Das Management sieht sich deshalb gezwungen, viel zu lang aufgeschobene Maßnahmen der Konsolidierung unverzüglich in die Tat umzusetzen. (-Pfeifkonzert-) Es ist unbedingt erforderlich, dass sich Grothe im Weltmarkt anders positioniert, um den Herausforderungen der Zukunft erfolgreich begegnen zu können. Lassen Sie uns gemeinsam die Ärmel hochkrempeln und die notwendigen Maßnahmen durchsetzen, damit aus Grothe wieder ein gesundes Unternehmen wird, das auch in Zukunft Arbeitsplätze sichert. Glauben Sie mir: Niemandem in der Unternehmensleitung fällt es leicht, sich von Mitarbeitern zu trennen, die uns jahrzehntelang treu begleitet haben. (-starkes, lang anhaltendes Pfeifkonzert-) Aber wir können es uns einfach nicht leisten, die Augen zu verschließen und den Kopf in den Sand zu stecken! Ein Geschwür muss entfernt werden, wenn man es frühzeitig genug erkennt – zum Wohl des Patienten.' (-Empörung, einzelne Zwischenrufe-) Kolleginnen und Kollegen, ich glaube, Ihr wisst selber, was die Stunde geschlagen hat! Aber nicht mit uns! Wenn Herr Vegelein meint, sich auf diese Art und Weise seiner Belegschaft entledigen zu können, dann hat er sich geschnitten! Wir werden uns gegen diese Riesenschweinerei zur Wehr setzen! (-tosender Beifall; Zwischenruf: So wie bei Schworz!-) An einundzwanzig Samstagen haben wir dieses Jahr zusätzlich gearbeitet und auf die tariflichen Zuschläge verzichtet, um das Unternehmen vorwärtszubringen, und jetzt wollen die uns einen Tritt in den Hintern geben und uns kaltschnäuzig vor die Tür setzen? Als wären wir bloß eine betriebswirtschaftliche Größe, mit der man jonglieren kann, wie es einem gerade passt. Eine Art Verfügungsmasse. Und das ist erst der Anfang, Kolleginnen und Kollegen. Machen wir uns doch nichts vor. Damit ist es doch noch nicht getan. Das Ziel ist in Wahrheit, diesen Standort hier komplett aufzulösen und ins Ausland zu verlagern! (-Pfeifkonzert; Zwischenrufe: ‚Schweine!'; ‚Dreckspack!'-) Mit dem Gewinn, den wir hier erwirtschaften, ist deren Gier nicht zu befriedigen. Die wollen mehr rausholen! Kolleginnen und Kollegen! Ich bin im Besitz von Gutachten, die

bereits Anfang des Jahres von Schworz in Auftrag gegeben wurden. McKinsey, Porsche Consulting und Management Engineers kommen einhellig zu dem Schluss, dass sich der Grothe-Deal für die Texas Atlantic Group auch bei einem hohen Kaufpreis von 1,8 Milliarden positiv entwickeln könnte, allerdings nur, wenn konsequent das bereits angedachte ‚World-Class-Grothe-Programm' umgesetzt werde. Das heißt, einen international aufgestellten Produktionsverbund zu schaffen, der das strategische Ungleichgewicht durch die wachsende Billig-Konkurrenz ausgleicht, Lohnkostenvorteile nutzt und effizientere Arbeitsabläufe schafft. Uns hier in Nierenberg, Kolleginnen und Kollegen, das geht daraus ganz deutlich hervor, werden wegen nicht konkurrenzfähiger Kostenstrukturen nur geringe Zukunftschancen gegeben. (-lang anhaltendes Pfeifkonzert, Zwischenrufe-) Die Wertschöpfung von Grothe liege ganz eindeutig in den südostasiatischen Ländern, wo auch die Kernkompetenz des Unternehmens sei. Kolleginnen und Kollegen! Wir haben ein Recht auf Arbeit und darauf pochen wir! (-Beifall-) Das lassen wir uns von niemandem streitig machen! Es geht um unsere Arbeitsplätze, um unsere Existenz. Wir wollen kein Hartz IV, wir wollen unsere Arbeit behalten! (-starker Beifall, Zurufe-) Diesmal geben wir nicht wieder klein bei, diesmal kämpfen wir mit aller Macht! Jetzt ist Schluss, das Maß ist voll, das lassen wir uns nicht mehr bieten, ab sofort zeigen wir denen die Zähne, und wenn's sein muss, dann beißen wir auch zu!"
(-starker Beifall-)

52

www.faz.net, 25. Januar 2007

In der Affäre um Lustreisen von Betriebsräten bei VW bleibt der frühere Personalvorstand Peter Hartz von einer Gefängnisstrafe verschont. Das Landgericht Braunschweig verurteilte den 65 Jahre alten Hartz am Donnerstag wegen Untreue und Begünstigung zu einer Bewährungsstrafe von zwei Jahren. Zudem muss Hartz 360 Tagessätze zahlen, was 576.000 Euro entspricht. Das Urteil folgt einer Absprache zwischen Staatsanwaltschaft, Verteidigung und Gericht. Hartz hatte ein umfassendes Geständnis abgelegt, um dem Gefängnis zu entgehen. Er gab zu, sich mit 2,6 Millionen Euro über zehn Jahre hinweg das Wohlwollen des früheren Betriebsratschefs Klaus Volkert erkauft zu haben.

Hartz hatte vor der Urteilsverkündung auf ein Schlusswort verzichtet. Sein Anwalt stellte aber ausdrücklich fest, der Ex-Manager wisse, „dass er die strafrechtliche Verantwortung auf sich nehmen muss". Die Staatsanwaltschaft betonte in ihrem Plädoyer, Hartz habe Volkert regelrecht „gekauft", und zwar vor allem durch Sonderboni von fast zwei Millionen Euro „ohne messbare Gegenleistung". Zugleich verteidigte die Anklage die Absprache über das Strafmaß. Dieses Vorgehen sei „tägliches Brot in Großverfahren und Wirtschaftsverfahren", der Bundesgerichtshof habe die Gerichte dazu angehalten. Es habe keine Kungelei, sondern intensive Ermittlungen gegeben. Schon vor Prozessbeginn hatten die Beteiligten vereinbart, dass die

Staatsanwaltschaft auf eine Anklage wegen diverser Bordellbesuche und der Anmietung einer Wohnung für ungestörte Stunden verzichtet. Die offizielle Begründung lautete, dass der dadurch entstandene Finanzschaden relativ gering gewesen sei. Hartz blieben damit Zeugenauftritte von Prostituierten erspart.

Der Namensgeber der Hartz-IV-Reformen gilt als Schlüsselfigur der VW-Affäre um Schmiergeldzahlungen und Lustreisen für Betriebsräte. Das Urteil gegen ihn war der erste große Schritt zur juristischen Aufarbeitung des Skandals. Hartz war im Sommer 2005 nach dem Bekanntwerden der Affäre von seinem Posten als Personalvorstand zurückgetreten. Zu rechnen ist damit, dass in den kommenden Wochen auch Anklage gegen Volkert wegen Anstiftung zur Untreue erhoben wird. Er soll Hartz regelrecht bedrängt haben, ihn wie einen Manager zu bezahlen. Gegen elf weitere Betriebsräte und frühere VW-Manager wird noch ermittelt. Darunter sind auch der Bundestagsabgeordnete Hans-Jürgen Uhl und der niedersächsische Landtagsabgeordnete Günter Lenz (beide SPD). Hartz hatte am Donnerstag abermals die Bestechung des Betriebsrats gestanden. Er habe das hohe Ansehen des früheren Betriebsratschefs Klaus Volkert bei der Belegschaft erkannt und sich dessen Unterstützung durch finanzielle Zuwendung gesichert, ließ Hartz durch seinen Anwalt Egon Müller vor dem Landgericht Braunschweig erklären. „Volkert verfügte über ein Charisma, weil er Hunderttausende hinter sich brachte", sagte Müller. „Es ging darum, Volkert bei guter Laune zu halten." (...) Müller sagte, bei den Zahlungen habe Hartz für eine „Minimierung der Kontrolle" gesorgt und dabei ein strafbares Verhalten in Kauf genommen. Die Zahlungen hätten nicht in einem Zusammenhang mit konkreten Entscheidungen etwa über Personalfragen gestanden, betonte er. „Sie dienten der Stabilisierung des Verhältnisses der beiden Herren und der Klimapflege." Dazu gehöre auch, dass Hartz der brasilianischen Geliebten von Volkert, Adriana Barros, ein Zusatzeinkommen verschafft habe. Lange Zeit soll sie 7.600 Euro pro Monat erhalten haben; insgesamt 399.000 Euro. Volkert sei zufrieden und dankbar gewesen (...) Sein Mandant übernehme die volle strafrechtliche Verantwortung für sein Verhalten. Hartz räumte ein, vom damaligen Vorstandschef Ferdinand Piëch in einem informellen Gespräch freie Hand zur finanziellen Besserstellung von Volkert bekommen zu haben. Über den Weg habe er aber allein entschieden. Hartz war am Morgen von fünfzehn bis zwanzig Demonstranten empfangen und als Verräter beschimpft worden. Schon zum Prozessauftakt vor gut einer Woche hatten Demonstranten den Namensgeber für die Arbeitsmarktreform der früheren rot-grünen Bundesregierung als „Lumpen" tituliert.

53

„Geraldine Peterson (28), langjährige Partnerin von David Baines (45), der zusammen mit dem vor einigen Monaten in Deutschland ermordeten Marc Schworz (37) eine der herausragendsten Erfolgsstorys der letzten Jahre hinlegte, lud am Samstagabend ins Jacob K. Javits Convention Center zu einer riesigen Wohltätigkeitsgala.

Geraldine engagiert sich schon seit einigen Jahren in der Robin Hood Foundation, einer Stiftung zur Unterstützung von Obdachlosen. Rund viertausend Gäste aus Politik, Wirtschaft, Gesellschaft und Showbiz folgten ihrer Einladung und bezahlten bis zu 100 000 Dollar für einen der begehrten Tische! Nach dem ausgezeichneten Diner des Drei-Sterne-Kochs Jean-Michel Pot und einigen Tanzrunden zur Verdauung wurden unter großem Applaus die Gewinner der Tombola bekannt gegeben. Dann folgte der Höhepunkt des Abends: Hollywood-Star Gwyneth Paltrow betrat die Bühne und versteigerte einen silbrig glänzenden Ford Mustang mit roten Ledersitzen. Nach heißem Bietergefecht schlug sie den Wagen für 96 500 Dollar dem Investment-Banker John Gerald Franzen zu. Der bezahlte, reichte den Wagen aber sofort unter allgemeinem Beifall zur erneuten Versteigerung zurück. Der nächste Sieger, diesmal für 84 200 Dollar, verfuhr wie der erste, so dass der Wagen zum dritten und daraufhin zum vierten Mal versteigert wurde, und so wäre es noch ewig weitergegangen, hätte man den fünften Ersteigerer nicht gezwungen, den Wagen zu behalten – womit der sichtlich unglücklich war – und die Versteigerung unter tosendem Applaus beendet. Am nächsten Tag konnte Geraldine der Stiftung einen Scheck über 1,1 Millionen Dollar überreichen.“

(*USA TODAY*, Vermischtes, 10.10.2006)

54

BKA, Dezember 2006, Besprechung der „Arbeitsgruppe Elser“, Leitung: KD Schappach. Schappach fasst die Ermittlungsergebnisse noch einmal zusammen und zeigt sich hoch zufrieden: Die Arbeitsgruppe habe hervorragende Arbeit geleistet. Weder durch verdeckte Maßnahmen – an dieser Stelle großer Dank an Herrn Richter Strietzel – noch durch die übliche kriminalistische Ermittlungsarbeit hätten sich Hinweise dahingehend ergeben, dass es sich beim Kommando Georg Elser um mehr als nur einen Täter gehandelt habe. Offenbar habe Heuser eine revolutionäre Kleinstzelle gegründet. Mit der rechtzeitigen Zerstörung dieser Zelle sei es gelungen, die Bildung von Metastasen zu verhindern. Dennoch werde man weiterhin wachsam sein und die Region im Auge behalten. Wie bekannt, seien in diesem Zusammenhang durch das brandenburgische Amt für Verfassungsschutz V-Leute eingesetzt, bzw. angeworben und ins ehemalige Grothe-Umfeld eingeschleust worden. Er könne nicht anders, als die Zusammenarbeit mit den Kollegen vom Verfassungsschutz als hervorragend und äußerst erfolgreich hervorzuheben. Dabei spiele sicher auch deren frühere, nahezu vierzigjährige Erfahrung mit konspirativen Maßnahmen eine Rolle. Insbesondere habe er im Gespräch mit Dr. Bollau den Eindruck gewonnen, dass man auf einen großen Fundus an ehemaligen verdeckten Mitarbeitern zurückgreifen könne. Dr. Bollau habe behauptet, dass er bei entsprechender Vergütung über ein nahezu unerschöpfliches Reservoir verfüge. Das seien ja geradezu traumhafte Verhältnisse, habe er, Schappach, daraufhin neidvoll anerkennen müssen. Was den in erster Linie Verdächtigen Heinz Klump betreffe, hätten sich die Verdachtsmomente bislang leider noch nicht bestätigen können. Es sei Klump nicht nachzuweisen, dass er von der Tat gewusst, oder womöglich sogar in die Vorbereitungen verstrickt gewesen sei. Über Klumps radikale Ansichten gebe es selbstverständlich keine Zweifel. Klump selbst habe diese sowohl öffentlich, als auch privat – vor allem in seiner Stammgaststätte „Broilerhof" – zur Genüge verbreitet. Dass er außerdem durch die Gründung des Vereins Dunkelrote Hilfe im Mai 2006, also nur kurz nach der Tat, ins Visier der Ermittlungsbehörden geraten sei, könne niemanden verwundern. Trotzdem zeige gerade dieser Umstand, dass Klump derzeit noch keine Absichten hege, in den Untergrund abzutauchen. Im Gegenteil scheine er nicht genug öffentliche Aufmerksamkeit bekommen zu können. Als Präsident der Dunkelroten Hilfe, die es sich zur Aufgabe gemacht habe, den Gefangenen Heuser regelmäßig zu besuchen, zu unterstützen und moralisch aufzurichten, stehe Klump in regelmäßigem Kontakt mit dem Verurteilten. Die durch Beamte der Justizvollzugsanstalt Moabit überwachten Besuchsgespräche hätten allerdings keine Hinweise ergeben, dass Klump noch eine andere Rolle spiele, als die bekannte. Heuser und Klump hätten sich normal und ohne die Verwendung von Code-Wörtern oder ähnlicher Chiffrierungen unterhalten. Auch in den aufgezeichneten Telefonaten zwischen Klump und Frau Heuser fehle es an derartigen Hinweisen. Klump habe vielmehr von Anfang an zu verstehen gegeben, dass er keine Ahnung davon hatte, was Heuser beabsichtigte, und dass er andernfalls sofort alles unternommen hätte, um ihm „diesen Unsinn" auszureden. Frau Heuser schien übrigens anfänglich skeptisch zu sein und verdächtigte Klump, dass er ihr gegenüber nicht die ganze Wahrheit sage, weil sie doch schließlich wisse, wie eng er und ihr Mann befreundet seien, doch bekräftigte Klump überzeugend, dass es sich so verhalte, wie er es schildere. Dr. Bollau sei der Auffassung, dass es sich dessen ungeachtet lohne, noch ein Weilchen an Klump dran zu bleiben. Er habe einen Draht in dessen unmittelbare Umgebung, den er so schnell nicht kappen wolle. So ganz traue er diesem Klump nämlich nicht. Man beschäftige sich separat immer noch mit dessen Vergangenheit, habe aber die Leichen im Keller, die mit Gewissheit vorhanden seien, bislang nicht finden können. Bekannt sei, dass Klump seine Kontakte zu ehemaligen Arbeitskollegen von Anfang an ausgenutzt habe, um diese nicht nur als Mitglieder der Dunkelroten Hilfe zu gewinnen, sondern auch zum Eintritt in die Partei der Linken zu bewegen. Zur vorübergehenden Festnahme des ehemaligen Staplerfahrers Gerd Lessak, 54, der vor wenigen Wochen dabei beobachtet worden sei, wie er gegen zehn Uhr morgens mit einem Schraubenzieher den silberfarbenen Audi A 8 des Vorstandsvorsitzenden Vegelein auf dem Firmenparkplatz zerkratzte, bleibe festzuhalten, dass Lessak ganz offensichtlich aus Wut über den Verlust seiner Arbeitsstelle handelte. Hinweise darauf, dass Lessak mit Heuser in näherem Kontakt stand oder steht, seien nicht vorhanden. Ebenso sei Lessak kein Mitglied der Dunkelroten Hilfe. Klump und Lessak seien sich natürlich bekannt, doch scheine diese Bekanntschaft keine tieferen Wurzeln zu haben. Abschließend komme er, Schappach, zu dem Ergebnis, dass sich die anfänglichen Vermutungen, es existiere ein neu entstandenes revolutionäres Netzwerk, nicht bestätigt hätten. Trotz intensivster Suche sei man immer wieder bei Heuser gelandet, der als Einzeltäter offenbar auch gar keine Unterstützung in einem sicherlich vorhandenen Sympathisantenbereich gesucht habe. Dennoch müsse eindringlich gewarnt werden: Es sei seiner Ansicht nach – und auch nach Meinung von Dr. Bollau, der mit ihm in dieser Sache hundertprozentig übereinstimme – keinesfalls für alle Ewigkeit auszuschließen, dass sich die Dinge nicht auch ganz anders entwickeln könnten. Deshalb seien bereits Gespräche mit Dr. Bollau verabredet, in denen es um die Einrichtung einer neuen Abteilung in dessen Haus gehe, die sich auf extremistische Strömungen im Zusammenhang mit betrieblichen Entscheidungen spezialisieren solle. Er, Schappach, sehe in diesem Bereich großes Potential. Man stelle sich doch bloß einmal vor, was passiere, wenn die Arbeitnehmer von Allianz, Siemens oder Telekom, die trotz Milliardengewinnen entlassen werden müssten, radikal würden und sich organisierten, womöglich im Untergrund. Da stünde ja eine Revolution ins Haus. Aber so weit sei es ja Gott sei Dank noch nicht. Dennoch sehe er zweifellos in diesen Bereichen die neuen Herausforderungen für die staatlichen Sicherheitsorgane. Zukünftige Terroristen rekrutierten sich nicht mehr aus studentischen Kreisen, wie Anno '68, sondern aus ganz normalen Arbeitnehmern, die sich plötzlich auf der Straße wiederfänden. Auch müsse unbedingt eine Vorreiterrolle Heusers verhindert werden, damit der nicht plötzlich zu einem Martyrer werde, oder zu sonstwas. Er habe deshalb vorgeschlagen, Heuser für die nächsten Jahre nach Süddeutschland zu verlegen, um diesen wenigstens räumlich zu distanzieren, bis Gras über den Fall Grothe gewachsen sei. Es entspreche ja nun einmal der Lebenserfahrung, dass der Mensch sich mit allem abfinde, wenn man ihm nur genügend Zeit dazu gebe. Insofern brauche man nicht überreagieren, sondern müsse lediglich wachsam bleiben.

55

Bangkok, Nationale Kongresshalle: Das Grothe Management hat die thailändische Gesellschaft zum Dinner geladen. Was Rang und Namen hat, ist der Einladung gefolgt. Es gilt, die Einweihung der neuen Fabrik von Grothe-Water-Technology gebührend zu feiern. Im Beisein des thailändischen Innenministers und einer Gruppe buddhistischer Mönche in leuchtendem Orange, ohne die, so Jin Taisun, frisch gebackener Verantwortlicher von Grothe Bangkok, „hier bei uns gar nichts geht", spricht David Baines einige Worte zur Begrüßung. Besonders erwähnenswert findet Baines die hervorragenden Fähigkeiten der thailändischen Arbeiter, ohne die es niemals möglich wäre, in gleicher Qualität wie in westeuropäischen Industriestaaten zu fertigen. Ihnen sei es in erster Linie zu verdanken, dass Grothe von nun an hier in Thailand seine Zelte aufschlage. Dafür danke er der zukünftigen Belegschaft, den zukünftigen Verantwortlichen und besonders Herrn Taisun, bei dem Grothe, so seine feste Überzeugung, in besten Händen sei. Alles Gute wünsche er dem Unternehmen und einen erfolgreichen Weg in die Zukunft. Grothe werde mit Sicherheit expandieren. Man verhandle ja bereits mit den städtischen Behörden über den Kauf eines neuen Grundstücks ganz in der Nähe. „Auf Grothe!“, ruft Baines und erhebt sein Glas. Die Gäste prosten mit Wasser zurück. Eine ausgesucht hübsche Thailänderin schiebt eine gläserne Lostrommel auf die Bühne. Baines greift mit der Hand hinein, mischt noch einmal durch und beginnt damit, Lose zu ziehen. Gespannt schauen die Anwesenden zu und applaudieren herzlich jedem Gewinner. Ein über beide Backen strahlender zukünftiger Vorarbeiter der werkseigenen Gießerei zieht den Hauptgewinn: Eine Dusche aus dem Hause Grothe.

56

Die achte Plage

Und der Herr sprach zu Mose: Gehe hinein zu Pharao; denn ich habe sein und seiner Knechte Herz verhärtet, auf daß ich diese meine Zeichen unter ihnen tue, und daß du verkündigest vor den Ohren deiner Kinder und deiner Kindeskinder, was ich in Ägypten ausgerichtet habe und wie ich meine Zeichen unter ihnen getan habe, daß ihr wisset: Ich bin der Herr. Also gingen Mose und Aaron hinein zu Pharao und sprachen zu ihm: So spricht der Herr, der Hebräer Gott: Wie lange weigerst du dich, dich vor mir zu demütigen, daß du mein Volk lassest, mir zu dienen? Weigerst du dich, mein Volk zu lassen, siehe, so will ich morgen Heuschrecken kommen lassen an allen

Orten, dass sie das Land bedecken, also daß man das Land nicht sehen könne; und sie sollen fressen, was euch übrig und errettet ist vor dem Hagel, und sollen alle grünenden Bäume fressen auf dem Felde und sollen erfüllen dein Haus, aller deiner Knechte Häuser und aller Ägypter Häuser, desgleichen nicht gesehen haben deine Väter und deiner Väter Väter, seitdem sie auf Erden gewesen bis auf diesen Tag. Und er wandte sich und ging von Pharao hinaus. Da sprachen die Knechte Pharaos zu ihm: Wie lange sollen wir mit diesem Manne geplagt sein? Laß die Leute ziehen, daß sie dem Herrn, ihrem Gott, dienen. Willst du zuvor erfahren daß Ägypten untergegangen sei?

Mose und Aaron wurden wieder zu Pharao gebracht; der sprach zu ihnen: Gehet hin und dienet dem Herrn, eurem Gott. Welche sind es aber, die hinziehen sollen? Mose sprach: Wir wollen hinziehen mit jung und alt, mit Söhnen und Töchtern, mit Schafen und Rindern; denn wir haben ein Fest des Herrn. Er sprach zu ihnen: O ja, der Herr sei mit euch! Sollte ich euch und eure Kinder dazu ziehen lassen? Sehet da, ob ihr nicht Böses vorhabt! Nicht also, sondern ihr Männer ziehet hin und dienet dem Herrn; denn das habt ihr auch gesucht. Und man stieß sie heraus von Pharao. Da sprach der Herr zu Mose: Recke deine Hand über Ägyptenland, dass Heuschrecken auf Ägyptenland kommen und fressen alles Kraut im Lande auf samt allem dem, was der Hagel übriggelassen hat. Mose reckte seinen Stab über Ägyptenland; und der Herr trieb einen Ostwind ins Land den ganzen Tag und die ganze Nacht; und des Morgens führte der Ostwind die Heuschrecken her. Und sie kamen über das ganze Ägyptenland und ließen sich nieder an allen Orten in Ägypten, so sehr viel, daß zuvor desgleichen nie gewesen ist noch hinfort sein wird. Denn sie bedeckten das Land und verfinsterten es. Und sie fraßen alles Kraut im Lande auf und alle Früchte auf den Bäumen, die der Hagel übriggelassen hatte, und ließen nichts Grünes übrig an den Bäumen und am Kraut auf dem Felde in ganz Ägyptenland. Da forderte Pharao eilend Mose und Aaron und sprach: Ich habe mich versündigt an dem Herrn, eurem Gott, und an euch; vergebt mir meine Sünde nur noch diesmal und bittet den Herrn, euren Gott, daß er doch nur diesen Tod von mir wegnehme. Und er ging aus von Pharao und bat den Herrn. Da wendete der Herr den Wind, also daß er sehr stark aus Westen ging und hob die Heuschrecken auf und warf sie ins Schilfmeer, daß nicht eine übrigblieb an allen Orten Ägyptens.

57

– 4. Mai 2007. Pfarrer Albers, Betriebsseelsorger, Arbeiterzentrum der katholischen Kirche in Nierenberg, zeigt sich über die Schließung von Grothe entsetzt. Nie im Leben hätte er geglaubt, dass so etwas in Deutschland überhaupt möglich ist. Zu den Beschäftigten hat Albers nach wie vor ein gutes Verhältnis. In Gesprächen mit den Betroffenen spüre er depressive Niedergeschlagenheit. Lebensentwürfe seien zerstört. Aussicht auf adäquate Beschäftigung gleich Null, dafür entwürdigender Gang zum Jobcenter. Zweiundfünfzigjähriger Facharbeiter O. hat Albers erzählt, dass er kürzlich im Stadtpark Müll aufgelesen habe. Frage der Zumutbarkeit. Albers: Für O. zermürbend. O. seit

1982 bei Grothe. Hat jetzt auf dem Arbeitsmarkt offenbar kaum Chancen. Wenn überhaupt, dann in anderen Bundesländern. Umzug von einem, der sein ganzes Leben im selben Ort verbracht hat? O. findet: Ein Albtraum, für mich und die Familie. Wartet, bis er daraus erwacht. Bittere Bilanz. Albers redet Tacheles: Arbeitnehmer als Spielball der Interessen. Mensch als reiner Kostenfaktor, als verzichtbares Rädchen im Getriebe. Mitarbeiter werden auf dem Altar der Aktionäre geopfert. Daraus resultierend: seelische Kälte, auch im zwischenmenschlichen Bereich. Kampf um jeden Euro. Hoffnungslosigkeit, es fehlt der Glaube, dass sich an der Situation noch einmal etwas ändert. Stimmung in der Gemeinde trostlos. An den Arbeitsplätzen hängen durchschnittlich drei Familienangehörige. Halb Nierenberg auf die eine oder andere Art betroffen. Teils absurde Auswirkungen: Familie W. wohnt in einer Vier-Zimmer-Wohnung, die durch die veränderten Umstände zu groß geworden ist (Hartz IV). Entweder muss umgezogen, oder ein Zimmer komplett ausgeräumt und verschlossen werden. Verbot der Nutzung (unangemeldete Kontrollen). Außerdem: Würde Tochter Melanie (19) ausziehen, entstünde dadurch eine weitere Bedarfsgemeinschaft, wodurch sich die monatliche Unterstützung erhöhen würde. Problem: Melanie will eigentlich gar nicht ausziehen.

58

Nierenberg. Der 28-jährige Bankkaufmann Alexander L. wurde gegen 9:05 Uhr Opfer einer heimtückischen Attacke. L., der gerade die Filiale der Deutschen Bank in der Hauptstraße betreten wollte, um seinen Arbeitsplatz einzunehmen, wurde dabei von einem scheinbar zufällig vorbeikommenden Passanten angesprochen. Als L. sich umdrehte, spuckte ihm der Unbekannte kommentarlos ins Gesicht und suchte anschließend sofort das Weite. Er konnte unerkannt entkommen. L. erstattete Strafanzeige gegen Unbekannt wegen Beleidigung und Körperverletzung. Ob der Grund der widerwärtigen Tat im privaten Umfeld von L. zu suchen ist, oder andere Ursachen hat, wird von der Polizei noch untersucht. Zeugen des Vorfalls werden gebeten, sich beim Polizeirevier Nierenberg unter 03441/5577-0 zu melden.

(*Nierenberger Nachrichten* vom 05.06.07, Lokales)

59

Arbeitszimmer Bürgermeister Zcepanski. Gespräch mit Architekt Ludewig vom Architektenbüro Ludewig&Partner sowie Herrn Paul, Vertreter eines großen Lebensmitteldiscounters. Grund: Die zukünftige Nutzung des seit gut sechs Wochen brachliegenden Firmengeländes der Firma Grothe soll besprochen werden. Der momentane Zustand ist nicht hinnehmbar: An den Hallen sind die Fensterscheiben eingeworfen, zwischen den geteerten Flächen und entlang der Gebäude fängt Unkraut zu wuchern an, vereinzelt liegt Müll herum. An den ursprünglich weißen Wänden sind Parolen aufgesprüht: „Geschändet und missbraucht unserer Arbeit beraubt!“; „Freiheit für Klaus!“; „Den revolutionären Kampf organisieren!“. Das Gelände dient neuerdings als Treffpunkt randalierender Jugendlicher. Anwohner berichten von Gegröhle und offenen Feuern. Zcepanski setzt sich deshalb für eine schnelle Lösung des Problems ein. Das Angebot des Lebensmitteldiscounters, der auf dem Gelände eine Filiale errichten will, kommt genau zum richtigen Zeitpunkt. Die von Architekt Ludewig erhobenen Bedenken wegen rechtlicher Klippen können rasch beseitigt werden. Zcepanski erkundigt sich danach, wie viele Arbeitsplätze durch den Lebensmitteldiscounter geschaffen werden (Kasse, Lager, Putzen). Paul spricht von insgesamt etwa fünfundzwanzig Stellen, davon zehn in Vollzeit. Zcepanski rechnet vor, dass dann noch neunhundertsechsundachtzig ehemalige Grothe-Beschäftigte übrig wären. Paul zuckt mit den Schultern und sagt, das sei bedauerlich, aber er wolle einen Supermarkt eröffnen und keine Station der Heilsarmee. Ludewig grinst. Zcepanski denkt, dass er lieber einen Supermarkt in Nierenberg ansiedelt und fünfundzwanzig Arbeitsplätze schafft, als Brachland zu erhalten. Man beginnt mit der Ausarbeitung der Verträge.

60

– Abrechnung: 600 Millionen für Heinrich Grothe (Lugano, CH); damit verknüpft: 667 Freisetzungen; 1,635 Milliarden für Lampert/BCP (Kaufpreis abzüglich vorhandenem Firmenkapital); Minus 1,635 Milliarden für Texas Atlantic Group, Deutsche Bank, Goldman Sachs; Einsparung durch wegfallende Steuern + Rationalisierung/Straffung 2006 ca. 95 Millionen; Einsparung durch Schließung Werk Nierenberg und Neueröffnung Grothe Bangkok auf zunächst jährlich 100–150 Millionen taxiert, Wachstumsrate um 20%; Einsparung durch konsequentes Fortschreiten auf Kurs World Class Grothe (China!) zusätzlich auf 80–130 Millionen geschätzt; Ausbau der Zweigwerke in Swiebodzin und Zielona Gora; realistisches, wenn auch ehrgeiziges Ziel: Erreichen der schwarzen Zahlen 2011, 2012; Einbezogen: Rückzahlung sämtlicher Kredite + Zinsen + Renditen von Investoren + Texas Atlantic Group; Verkauf World Class Grothe avisiert auf 2012, 2013; neu hinzugekommene Empfänger von Sozialleistungen in Nierenberg: 1012; später Reduzierung durch Lebensmittel-Discounter auf 986; Steigerung Verkauf „Kleiner Feigling“ am Bahnhofskiosk um 165%.

61

DIE ZEIT, 15.03.2007, Nr. 12, Dämonisierung des Terrors. Eine Antwort auf Jan Philipp Reemtsma, von Gerhart Baum:

Die Taten der RAF waren von sinnloser Brutalität. Doch wer sie bloß als Ausdruck einer „Lust an Gewalt" betrachtet, der verfehlt das Phänomen des Terrorismus und leistet seiner Entpolitisierung Vorschub. (…) Wir müssen uns schon mehr Mühe geben, um die komplexe Situation der damaligen Zeit zu begreifen. Der Bruder des ermordeten Diplomaten Braunmühl sagte einst: Zu meiner Empörung gegen die Mörder gehört für mich untrennbar die Frage: Sind die Terroristen vom Himmel gefallen, oder sind sie aus dem Boden dieser Gesellschaft gewachsen?

62

Das letzte Wort hat der Angeklagte (Heuser am 18.6.2007 in einem Brief an den Europäischen Gerichtshof für Menschenrechte, nachdem der BGH am 4.5. die Revision gegen das Urteil des Berliner Schwurgerichts verworfen hat):

„Man hat mich beschuldigt, ich hätte mich zum Herrn über Leben und Tod aufgeschwungen. Ich hätte diesen Schworz eiskalt, rücksichtslos und heimtückisch getötet. Ich hätte mich dabei von niederen Beweggründen leiten lassen. Dagegen protestiere ich. Ich finde nicht, dass ich mich von niederen Beweggründen leiten ließ. Im Gegenteil, ich empfinde meine Beweggründe als moralisch einwandfrei. Dass meine Tat nichts bewirkt hat, dass alles genau so gekommen ist, wie es nach den Erfahrungen von 2001 zu befürchten war, sogar noch viel schlimmer, bedaure ich zutiefst. Insofern war meine Tat sinnlos. Ich habe wirklich geglaubt, Baines würde sich nach dem Tod von Schworz zurückziehen, aber ich bin eben noch viel zu naiv. Menschen wie Baines lassen sich nicht so leicht aufhalten. Und umgekehrt wäre es genauso gewesen. Ich meine, hätte ich Baines getötet, dann hätte eben Schworz oder sonstwer den Grothe-Deal durchgezogen. Vielleicht muss man anfangen, in ganz anderen Maßstäben zu denken, so wie Schworz in ganz anderen Maßstäben dachte. Ein Global Player. Ob in Deutschland, Südafrika, Australien oder Malaysia, das war für den egal. Der wollte weltweite Macht, das elektrisierte den. Dabei ging es ihm gar nicht nur um Geld. Für den war das auch ein prickelndes Spiel. Der ging ans Limit und erhöhte so lange die Einsätze, bis keiner mehr dabei war, dann räumte er ab, stopfte sich seine Chips in die Taschen und machte sich auf die Suche nach einem noch fetteren Pot. Ein Junkie, der immer mehr und höhere Dosen brauchte, um den Kitzel noch zu spüren. Damit ist Schworz natürlich nicht der Einzige. Schworz steht doch nur stellvertretend für ein System, das den Wert von Menschen in erster Linie nach ihrem Vermögen taxiert. Einer, der fünfhundert Millionen hat, ist mehr wert als einer, der nur dreiundachtzig hat. Und einer, der im Monat zweitausend Euro brutto verdient, der ist Abschaum. Ideelle Werte interessieren keinen. Und wenn jetzt jemand sagt, dass wir immerhin in einer Demokratie leben und in einem Rechtsstaat, und dass zumindest vor dem Gesetz jeder gleich ist, und dass unsere Wahlstimmen gleich viel wiegen, dann ist der offenbar noch naiver als ich. Zwanzig Jahre lang habe ich Heinrich Grothe an jedem ersten Mittwoch im Monat nach Hamburg gefahren, zu einer

Villa an der Elbchaussee, wo sich die Größen aus Politik und Wirtschaft im privaten Rahmen treffen, um gemeinsam die Weichen für die Zukunft zu stellen. Da ist es scheißegal, welcher Partei einer angehört. Da geht es um was ganz anderes. Ich habe mich immer gefragt, wieso man erfolgreichen Geschäftemachern ganz selbstverständlich politischen Einfluss zubilligt. Es kann mir doch keiner weismachen, dass ein aufrichtiger und anständiger Mensch in unserem System Millionär wird, oder womöglich sogar Milliardär, es sei denn, er gewinnt im Lotto. Wer sich seinen Reichtum selber erarbeiten will, der braucht doch ganz andere Eigenschaften. Der muss die eigenen Interessen rücksichtslos durchsetzen. Der macht sich doch keine Gedanken darüber, unter welchen Lebensumständen einer in Bangladesch lebt, der ihm für fünfzig Cent am Tag ein Hemd näht, das er dann in Deutschland für zweiundvierzigfünfzig verkauft. Der nutzt doch genau das aus. Den interessiert es einen Dreck, wer dafür bezahlt, dass er eine Yacht am Mittelmeer hat und einen Privatjet am Flughafen. Bei Schworz war es eben die Nierenberger Belegschaft, die dafür bezahlte, dass in Bangkok mehr drin war. Darauf spekulierte Schworz von Anfang an. Was aus denen wird, die seither auf der Straße stehen, die aller Wahrscheinlichkeit nach bis zur Rente von staatlicher Unterstützung leben, und wie sich deren Leben dadurch verändert hat, das scherte den nicht. Und jetzt frage ich Sie, wer da aus niederen Beweggründen handelt. Ist denn etwa das skrupellose Verfolgen eigensüchtiger Interessen auf Kosten anderer kein niederer Beweggrund? Ist die Gier höher zu bewerten als die Moral? Gilt bei uns der Grundsatz: Im Zweifel für die Habsucht? Oder ist es nicht eher legitime Notwehr, auf

Baines und seine Spießgesellen anzulegen, wo immer man sie trifft? Wie man in den Wald hineinruft, so schallt es heraus. Und wenn sich jetzt welche empören und schreien, dass man doch niemals einen Menschen töten dürfe, egal aus welchem Grund, so behaupte ich, dass es nur auf die Umstände ankommt. Ich habe sogar einen Orden bekommen, für das Töten von Menschen. Und wer würde sich denn hinstellen und die Verurteilung eines Georg Elser fordern? Und behaupten: Nein, das war nicht Recht, Hitler umbringen zu wollen. Natürlich war das Recht und man wünscht doch geradezu, dass dieser Elser Erfolg gehabt hätte. Schworz war kein Hitler, das bin ich sofort bereit zuzugeben. Schworz war smart, höflich und auf den ersten Blick sogar freundlich. Als er zusammen mit Vegelein und Körber-Löhns durch den Betrieb spazierte, um sich ein Bild zu machen, sprach er immer wieder ein paar Worte mit den Beschäftigten. Dem einen oder anderen klopfte er dabei sogar auf die Schulter. Aber das hätte Schworz nicht daran gehindert, nur knapp ein Jahr nach der Übernahme in einer Rede vor der Belegschaft vom schwersten Tag in seinem Leben zu sprechen, so wie es dann an seiner Stelle Baines machte. Weil Grothe in Nierenberg einfach nicht mehr zu halten sei. Und Vegelein stand daneben, mit Tränen in den Augen. Sieben Minuten später traten die beiden gemeinsam ab und das war's dann. Wahrscheinlich haben die anschließend im Büro als erstes den Schampus aufgemacht und angestoßen. Das ist doch ekelhaft. Ich war schon immer der Meinung, dass man sich gegen Kriminelle wehren muss. Ich empfinde das als Verpflichtung. Das gehört für mich zur Zivilcourage. Und dass es kriminell war, was man mit Grothe gemacht hat, darüber gibt es doch wohl keinen

Zweifel. Wer auf aggressive Angriffsstrategien setzt, auf Auspressen bis nichts mehr rauskommt und dann Wegwerfen, der braucht sich nicht zu wundern. Um die Kinder von Schworz tut es mir leid. Die können schließlich nichts dafür, was ihr Vater für einer war. Aber um die Kinder der Grothe-Beschäftigten, die jetzt auf der Straße stehen, tut es mir auch leid."

63

Trüffel [frz.], *Botanik:* (Tuber), Gattung der Schlauchpilze (Ordnung Tuberales) in Europa und Nordamerika; Fruchtkörper unterirdisch, kartoffelähnlich, mit rauer, dunkler Rinde. T. sind die kostbarsten Speise- und Gewürzpilze, z.B. **Perigord-T.** (Tuber melanosporum), schwarzbraun, bis 15 cm groß, mit warziger Oberfläche, von leicht stechendem, pikantem Geruch; **Winter-T.** (**Muskat-T.**, Tuber brumale), warzig, rotbraun bis schwarz, bis 5 cm groß, aromatisch duftend; **Sommer-T.** (Tuber aestivum), außen grobwarzig, braunschwarz, innen gelblich hellbraun. T. werden mit Hilfe von abgerichteten Hunden und Schweinen aufgespürt.

Quellennachweise, soweit nicht direkt im Text angegeben:

12, 32, 63
Der Brockhaus in fünf Bänden, neunte, neu bearbeitete Auflage, F.A. Brockhaus GmbH, Leipzig 2000.

32
in Anlehnung an: Lutz Hachmeister, Schleyer. Eine deutsche Geschichte, C.H. Beck, München 2004.

56
2 Mose 10, Vers 1–19.